KB248031

악당은 모두 토요일에 죽는다

악당은 모두 토요일에 죽는다

ⓒ 정지윤 2026

초판 1쇄	2026년 1월 9일

지은이	정지윤

출판책임	박성규	펴낸이	이정원
편집주간	선우미정	펴낸곳	도서출판 들녘
기획이사	이지윤	등록일자	1987년 12월 12일
편집진행	이수연	등록번호	10-156
편집	김혜민	주소	경기도 파주시 회동길 198
디자인	조예진	전화	031-955-7374 (대표)
마케팅	이동하		031-955-7389 (편집)
경영지원	나수정	팩스	031-955-7393
제작관리	구법모	이메일	dulnyouk@dulnyouk.co.kr
물류관리	엄철용		

ISBN	979-11-5925-525-0 (03810)

정지윤
소설집

일반적인 사람이 단 한 명도 없는 괴상한 S대로 당신을 초청한다. 결론부터 말하자면 이 작품은 재미있다. 이야기가 시작되면 몰아치는 사건과 증언으로 초반에는 길을 잃을지도 모른다. 그러나 작품은 '확실히 기대에 부응한다.' 학과의 존폐가 걸린 위협 정도로 국한될 줄 알았던 사건 속에서 인물들은 점조직처럼 느슨하면서도 필연적인 관계를 맺는다. 끝내 그 모든 인물이 저지른 행동의 이유가 '좋은 친구'라는 수상쩍은 배후와 함께 드러날 때 서사적 쾌감이 폭발한다. 짧게 시작하여 긴 맛을 남기는 이 작품을 한 시간만 맛보기로 읽겠다는 다짐을 지키기란 불가능할지도 모른다. 나는 불가했다. 기승전결의 묘미를 충족시키는 본 작품을 서사적 재미를 갈망하는 독자들에게 추천한다.

— 청예(작가)

　S대의 심연 같은 역사 중에서도 그날, 수많은 비극이 일어난 그 토요일은 더없이 특이합니다. 마약과 방화, 폭발과 협잡이 어떻게 단 하루, 같은 날에 한자리에 모였을까요? 부상자는 물론, 생명을 잃은 사람도 한둘이 아닙니다. S대를 둘러싼 사회적 논쟁은 도무지 식을 기미가 없습니다. 전면에 떠오른 의문을 모두 해소하자면 제법 많은 시간이 필요할 성싶습니다.

　이 모든 상황이 자극적이고 흥미를 돋운다는 데엔

이견이 없습니다. 하지만 전 이 사건을 그저 재밋거리로만 볼 수 없습니다. 아직 이름을 밝힐 수 없는 지인이 그 현장 중 한 곳에 있었거든요. 아직도 그 끔찍한 기억을 다 잊지 못해 잠을 자주 설친다 합니다. 그래서 저는 S대 이곳저곳에서 벌어진 각 사건을 다른 각도로 살펴보겠다고 마음먹었습니다.

경찰은 원활한 진상 조사를 위해 지나친 추측을 삼가달라고 못 박습니다. 여러 사건이 우연히 겹쳤을 뿐이니 하나씩 차근차근 풀어가겠다고 합니다. 반면 미디어는 음모론을 포기하지 못합니다. 황색 언론은 물론 유튜브에서도 그늘 아래 도사린 거악을 지목합니다. 사람과 일을 교묘하게 조종해 총체적 파국을 꾸민 흑막이 있지 않겠느냐며 의혹을 제기합니다.

하지만 제가 탐구한 결과는 조금 달랐습니다. 우연도 흑막도 그 토요일을 설명할 수는 없습니다. 오히려 강이 흐르고 풀이 자라듯 자연스러운 흐름이 여러 인적 과오에 버무려진 듯했습니다. 그러니까… 부패는 누군가의 이기심이나 나약함, 무책임 따위를 틈타 스며듭니다. 이윽고 부패가 부패를 낳으며 퍼져 갑니다. 곧 어디가 먼저랄 것 없이 썩은 악취를 내뿜기 시작합니다. 그럼에도 상한 곳을 걷어내지 못

한다면 결국 붕괴가 일어납니다. S대는 제때 부패를 씻지 못해서 무너진 셈입니다. 그 진실을 확인하기 위해 당사자를 인터뷰하고, 자료를 발굴하고, 여러 현장마다 수차례 방문했습니다.

그렇게 파헤친 이야기를 단순히 있는 그대로 나열하자니 읽기에도 재미가 없고, 이야기꾼이자 사기꾼, 시인이자 몽상가인 저로서도 글 쓰는 맛이 없더군요. 그래서 앞뒤 상황을 정리하고 연결하여 엮었습니다. 그랬더니 뜻밖에도 S대보다는 사람 이야기가 돼버렸습니다.

원고를 부끄러운 모습으로나마 세상에 내보일 수 있도록 정리해주신 고블 편집부에 감사드립니다. 첫 번째 독자이자 든든한 지지자인 동생에게 각별한 마음을 전합니다. 이 짧은 기록의 가치를 알아보고 책장을 펼쳐주신 독자들께 또한 깊이 감사합니다.

최근 일 년은 유난히 악당이 많습니다. 어디서 갑자기 솟아난 것이 아니라 몰래 세상을 좀먹던 무리가 우수수 드러나는 중이겠지요. 악취가 너무 심하고 끈질긴 탓에 심신이 다 지칠 지경입니다. 부패를 그때그때 청산하지 못한 우리 역사가 못내 아쉽습니다. 물론 역사를 돌아보자면 감사해야 할 지점이 압

도적으로 많습니다. 그러니 오늘 닥친 싸움은 우리
의 몫으로서 꿋꿋이 감당해야지 싶습니다.

악당이 이익을 좇아 항상 연횡하므로, 이들의 추
한 희망을 꺾는 힘도 연대에서 나온다고 믿습니다.
함께함이 역사로 남아서 훗날 또 다른 절망을 이길
힘을 전해주었으면 합니다. 절망이 우리 삶의 본질
이 아니라면 말입니다.

목
차

거짓말쟁이 고양이 보고서

　K와 나는 공동 연구 계획을 거의 마무리했다. 하지만 하필 지도 교수가 해외 출장 중이어서 아직 컨펌을 못 받은 채였다. 안 교수는 매사추세츠 실험사회학연구소가 시행하는 대규모 사회실험에 참가하고 있었다. 지난해 일어난 실험 사고 탓에, 미국은 자국 내 사회 실험을 완전히 금지했다. 다행히 조건만 맞으면 실험을 허용하는 국가는 많았다. 이번 프로젝트도 우크라이나, 말레이시아, 몽골에서 동시에 진행한다고 했다.

　물론 한국도 국내 사회 실험을 허용하는 나라 중 하나다. 하지만 제약이 은근히 촘촘해서 안 교수가 기대하는 급진적인 연구는 시도하기 어려웠다. 최근 S대 안팎으로 막강한 영향력을 자랑하는 역사물리학과 우 교수에게 내심 경쟁심을 느끼던 안 교수로서는 좀 더 눈에 띄는 성과가 목말랐던 모양이다.

　교수 사정이야 어쨌든, 대학원생 나부랭이인 K와 나는 한국에서 연구를 진행할 수밖에 없었다.

　"연구계획서 최종본은 교수님께 보내드렸지? 컨펌 늦게 받으면 이번 분기에 실험을 못 한다고. 협회에 실험 신청하는 기간이 오는 금요일까지 아니야?"

　"그다음 주 월요일. 아직 일주일 넘게 남았어. 왜 또 그렇게 걱정하고 그래? 이번에 꼭 신청해야 한다고 다 써놨어. 이래 봬도 교수님이 우리 연구를 신경 쓰고 있다니까?

　그리고 신청서만 내면 리젝당할 일도 없어. 협회 기준은 다 맞췄고, 이번 분기에 실험 신청할 다른 연구 팀도 없다고. 벌써 다 확인했어."

　조바심 섞인 말을 K는 평소처럼 여유롭게 받아쳤다. 정말 학부 때부터 변하질 않았다. 내가 온갖 걱정에 휘둘리면 K는 있는 집 자식다운 느긋함으로 달랜다. 자연스레 공동 연구를 시작하던 때에도 마찬가지였다. 아직 주제도 못 잡고 안달하던 나에게 K가 달콤하고 믿음직한 제안을 내밀었다. "넌 소심하지만 꼼꼼하잖아. 실험 설계나 사회 조작도 제법 잘하고. 나는 이론 정리에 강하니까 우리가 같이 연구하면 시너지가 클 거야."

하지만 과민 반응이래도 어쩌겠는가? 내 눈에는 안 교수가 영 미덥지 않았다. 게다가 협회가 제시하는 기준은 더러 모호한 탓에 마음을 놓을 수 없었다.

"그러니까 더더욱 이 타이밍에 실험 못 하면 망한다고. 지금 여의도 연구팀이 실험을 하나 기획하고 있다더라. 꽤 큰 걸로. 그거 진행하고 나면 앞으로 이삼 년은 한국에서 실험 못 해. 두 손 두 발 다 묶인 꼴이 될걸. 그전에 어떻게든 논문 끝내야 돼."

사회 그 자체를 실험 대상으로 삼는 만큼, 실험사회학에는 제약이 많다. 사람들은 연구 때문에 사회가 극적으로 변하는 걸 원치 않는다. 그 탓에 정작 결정적인 실험은 이른바 연구 윤리에 매여 시도할 수가 없었다.

윤리적 제약 못지않게 난감한 문제가 있다. 실험 신뢰도 문제다. 사회 자체를 연구하자면 실험군과 통제군을 따로 두기 어렵다. 그래서 '실험을 가하지 않는다면 사회는 이전과 다름없을 것'이라고 가정해야 한다. 실험 이전의 사회를 통제군, 실험을 가한 사회를 실험군으로 삼는 셈이다.

그런데 실험하려는 사회가 이미 전환기를 겪고 있다면? 변수를 측정하고 예측하는 일이 너무 어려워 통제군을 가정하기 힘들 것이다. 조작의 영향을 정확히 파악하기 위해선 사회가 안정적이고 평범한 상태일 때 실험을 진행해야 한다.

더욱이 그러한 전환기가 다른 실험 때문에 초래되었다면 어떻게 되는가? 한 실험의 결과가 다른 실험에 영향을 미치게 된 상황. 이렇게 오염된 실험은 전혀 신뢰할 수 없다. 사회가 실험으로 일어난 변화를 다 소화하고 안정을 되찾기까지는, 작은 실험이 끝난 후라면 몇 개월, 큰 건이라면 몇 년이 필요하다. 그래서 사회 실험은 하고 싶다고 아무 때나 할 수 있는 게 아니다.

하지만 학자란 으레 자기 연구가 가장 중요하다고 믿는 법이다. 최소한 다들 연구 성과가 필요하다. 서로 자기 실험을 해야 한다고 싸움이라도 나면 어쩌겠는가?

그래서 실험사회학계는 스스로 통제할 협회를 세웠다. 한국실험사회학협회는 정부와 긴밀히 협력하여 사회실험을 허가하거나 불허한다. 실험의 영향력을 평가해 실험 통제 기간을 정하는 것도 협회의 몫이다. 협회는 곧 법이고, 그 바운더리를 벗어난 실험은 전부 위법이다.

상황이 이러하니, 타이밍을 놓치면 사회 실험 없이 시뮬레이션만 돌려 논문을 써야 할 판이었다.

"아무래도 신경이 쓰이면 이따 밤에 연락 한 번 할게. 일요일이니까 통화 가능하겠지, 뭐."

"응, 그렇게 해줘라. 자기 고양이까지 맡겨놓고서 우리 프로젝트에 신경을 안 쓰면 말이 안 되지."

"초롱이? 난 걔 꽤 탐나던데."

"난 싫어. 그만한 보람이 따라와야 할 텐데. 고생은 고생대로 하고, 괜히 제대로 못 돌봤다고 욕만 먹는 건 아닌가 몰라."

"걱정 마. 교수님도 우리 고생한 거 다 알아. 어쨌든 다음 주에는 네가 돌보는 거다?"

샴고양이 초롱이. 가끔 랩실에 데리고 오면 민폐가 이만저만이 아니었다. 출장을 준비할 때도 안 교수는 고양이를 잠시 부탁할 사람을 찾느라 호들갑이었다. 워낙 외로움을 많이 타는 녀석이라, 꼭 믿을 만한 사람에게 맡겨야만 마음을 놓겠다는 것이었다.

K는 나에게 대뜸 우리가 그 고양이를 돌보면 어떻겠냐고 말했다. "그러면 교수님도 해외에 있는 중에

우리 생각을 한 번은 더 해주겠지. 돌아와서도 많이 신경 써줄 테고." 게다가 자기는 옛날에 고양이를 길렀던 적이 있으니 문제없다고 장담했다.

기대대로 안 교수는 고마워서 어쩔 줄 몰랐다. 내 목숨줄을 쥔 사람에게 작은 빚 하나 지워두니 확실히 기분이 나쁘지는 않았다.

월요일 아침, 급한 일정은 없었지만 궁금증과 조바심이 섞여 자리에 누워 있을 수 없었다. 교수님이 오케이하면 곧바로 신청서를 넣어야 했다. 이미 몇 번이나 다듬은 신청서를 다시 한 번 읽어보았다. 중요한 건 아니라지만, 이왕이면 오탈자 하나라도 더 찾아서 고치는 편이 좋을 테니까.

시뮬레이션 준비 상황도 재차 점검했다. 실험사회학이라도 사회 실험과 시뮬레이션을 함께 활용해야 한다. 윤리나 상황 때문에 사회 실험이 제약되는 영역을 시뮬레이션으로 받쳐줘야 하기 때문이다. 연구를 사회 실험에만 의존한다면 논문을 완성할 재료도, 주장을 뒷받침할 근거도 부족할 것이다.

시뮬레이션 프로그램도, 세부 조정을 맡는 AI도 문제없었다. 시뮬레이션을 돌릴 기초 데이터 출처는 이미 확보해두었다. 실험을 진행하며 모델만 세세히 조정하면 되었다. 하지만 협회로부터 실험을 허가받아야 모델을 정할 수 있다. 허가를 받으려면 계획서를 컨펌받아야 하고, 그러려면 일단 먼저 교수님과 연락해야 하는데….

다시 조바심이 일어났다. 다 준비됐는데 한 발자국을 못 떼고 있다니. 참다 못해 K에게 전화를 걸었다.

"야, 너 교수님하고 통화했냐?"

"하아…. 그러잖아도 지금 막 너한테 연락하려 했는데. 오케이는 받았는데, 야, 초롱이가 없어졌다. 어제 창문을 열어놓고 잤는데, 거기로 나갔나 봐."

우리는 일단 허겁지겁 신청서를 제출하고서 고양이를 찾아 이틀 동안 정신없이 돌아다녔다. K가 벌써 샅샅이 헤집어놓은 조그마한 방을 다시 한 번 뒤집어보고, 그 동네에 고양이가 숨을 만한 곳은 다 뒤졌다. 혹시 안 교수 집 쪽에 갔을까 싶어 그 주변도 꼼꼼히 살폈다. 고양이는 야행성이니만큼, 해 저문 뒤에도 손전등을 들고 수색했다. 혹시 누군가 발견하여 보호하고 있을까 싶어 웹도 수시로 확인했다. 이곳저곳 헤매느라 잠도 제대로 잘 수 없었다.

하지만 허탕이었다. 이 골칫덩이를 찾자고 학교 친구들에게 도움을 청할 수도 없었다. 고양이를 잃어버린 월요일, 나는 수배 전단을 찍고 다른 친구들에게도 도움을 받자고 제안했다. S대 사과대에서 그 샴고양이를 모르는 학생은 거의 없으니, 사람을 여럿 모은다면 생각보다 쉽게 찾을 수 있을지도 몰랐다. 하지만 K는 생각이 달랐다.

"그건 안 되지! 잘 생각해봐. 그렇게 해서 찾는다 해도 말이야, 교수님이 알면 어떻게 되겠어? 내 새끼처럼 아끼는 초롱이를 너희가 잃어버렸다가 겨우 찾았구나, 다시 찾았으니 참 잘했다, 뭐 그냥 그렇게 넘어갈까?"

"아, 젠장 그러네. 되도록 조용히 찾아야겠다. 그럼 뭘 어떻게 해야 돼? 우리가 아메리칸 인디언이나 레인저 같은 것도 아니고. 고양이 발자국을 쫓아다닐 능력도 없잖아."

"있는 대로 뒤져야지. 소문 안 나게 학교 밖에서 도와줄 사람을 찾아보자. 웹에 보니 고양이 찾아주는 사람도 있대. 어차피 고양이는 자기가 사는 동네 밖으로는 안 나간다니까, 금방 찾을 거야."

바람과는 달리, 이틀 동안 아무 흔적도 찾지 못했다. 소문 안 나게 여기저기서 찔끔찔끔 도움을 받는 정도로는 빠른 성과가 나지 않았다. 나는 물론, 처음엔 애써 자신만만해하던 K도 마음이 급해진 듯했다. 안 교수는 다음 주 금요일에 귀국할 예정이었다. 그 전에 못 찾으면 정말 재난이었다.

실종 이틀째인 화요일 저녁, 우리는 녹초가 된 채 어질러진 K의 방에 퍼질러 앉아 머리를 맞댔다.

"계속 찾아보겠지만, 일단 다른 수도 생각해야 할 거 같아. 교수님 들어올 때까지 못 찾으면… 생각하기도 싫다."

"하아. 똑같이 생긴 걸로 새로 하나 살까?"

"거북이나 도마뱀도 아니고, 고양이로는 못 속여. 잠깐, 잠깐만 제대로 생각해보자. 지금 정확히 뭐가 문제지?"

"K, 네가 빌어먹을 창문을 열어놨던 거 빼고 말이지? 망할 고양이가 없어진 거지, 당연히!"

"그건 원인이고, 문제는 이대로 있다간 우리가 피해를 입는다는 거야. 초롱이 못 찾을 때를 대비해서 안전장치를 하나 만들면 어떨까? 초롱이가 실종된 것은 우리 책임이 아니다, 혹은 책임이 있어도 아주 작다고 생각하게 만드는 거지."

"우리 책임이 아니라 네 책임이라고. 하지만, 어쨌든 네 말처럼 정말 보험을 들어둬야 할지도 몰라."

다시 머리를 모았다. 부주의로 고양이를 잃어버렸

다면 그건 당시 고양이를 돌보고 있던 K의 잘못이다. 하지만 만약 누가 고양이를 납치한 거라면 어떨까? 서서히 시나리오가 잡혀갔다. 만약 아무도 막지 못할 희대의 괴도가 고양이를 납치했다면? 게다가 K만 고양이를 잃은 게 아니고 여러 사람이 당했다면, 그런 거물의 비행으로 교수가 우릴 비난할 수 있을까?

해야 할 일은 분명했다. 희대의 고양이 납치범을 만들어야 한다. 누구나 이야기를 들어야 하지만, 실제 피해 신고가 너무 많으면 곤란하다. 경찰이 제대로 수사를 시작하면 문제가 생길 테니까. 그러니 실체는 없지만 소문은 무성하고, 수사할 거리는 안 되지만 교수가 믿을 만한 이유는 돼야 했다.

플랜 1단계, 소문을 퍼뜨린다. 신출귀몰한 고양이 납치범을 혜성처럼 등장시켜야 한다. 이야기를 만들어 사람들이 믿도록 하는 건 사회 실험의 기본이니 사실 꽤 자신 있는 영역이었다.

실험사회학에서는 실험에 필요한 조작을 어떻게 가하는가? 사회에 특정 요소, 즉 시험하고자 하는 조작 변인을 심는 것이다. 방법은 다양하다. 필요한 정책을 위해 로비하거나, 시민운동을 만들어내거나, 시장을 움직이기 위해 기업의 협력을 받기도 한다.

그중 제일 간단하고 일반적인 방법은 소문을 퍼뜨리는 것이다. 내용은 물론 이야기를 퍼뜨릴 대상, 채널, 속도, 이야기의 신뢰도까지 세심하게 기획해야 한다. 체계적으로 잘 설계된 소문은 실체가 없을 때에도 실체 못지않은 영향력을 발휘한다.

플랜 2단계, 소문에 올라탄다. 적당히 이야기가 퍼지면 그때 고양이를 도둑맞았다고 경찰에 신고해야 한다. 이 단계에서 안 교수에게도 소식을 전해야 한다. 아슬아슬한 줄타기지만, 골칫덩이 털뭉치를 찾기 위해 최선을 다했음을 보여주지 않으면 쇼 전체가 무의미해진다.

마지막 3단계, 소문을 정리한다. 일단 안 교수가 속고 나면, 문제는 경찰 수사다. 소문을 퍼뜨리기 위해 우리는 웹, 특히 S대 학생 커뮤니티를 중심으로 가짜 목격담이며 피해 사례 따위를 뿌릴 것이다. 하지만 이야기가 자생적으로 재생산되기 시작하면 우리가 뿌린 이야기는 빠르고 말끔하게 없애야 한다. 꼬리를 숨기는 것이다. 그러면 소문은 점차 안정기에 들어서리라. 누구나 기억하지만 본격적으로 파고들 까닭은 없는 뜬소문만 남는 것이다.

단 더미 사례만 가지고 이야기를 만들어선 안 교수를 속일 수 없다. 누군가는 실제로 고양이를 도둑

맞아야 한다. 영향력 있고 사람들에게 신뢰받는 누군가. 하지만 그런 사람이 마침맞게 고양이를 잃어버릴 리 만무했다. 우리는 소문을 내면서 고양이 한 마리를 실제로 납치하고, 나중에 정리하면서 되돌려 놓기로 했다.

"K야. 고양이 잃어버린 거 숨기자고 다른 고양이 빼돌리는 일, 솔직히 미친 짓거리인 줄은 알고나 하자."

"야, 네 아이디어잖아. 괜찮아. 다시 돌려놓을 거고 계획대로만 하면 돼."

"세상일이 다 계획대로 되면… 아 됐어, 어차피 해야 할 일. 고양이는 어떻게 훔치는데?"

"그건 걱정하지 마. 내 **좋은 친구**가 흔적 안 남게 잘 도와줄 거야. 초롱이 찾는 데는 결국 도움이 안 되는 모양이지만. 어쨌든 우리는 소문 만들고 지우는 일만 잘하면 돼."

"경찰에 신고하고, 교수님한테도 이야기해야지. 아, 젠장, 젠장. 내가 어쩌다 태어나서 이 생쇼를…."

계획을 시작하기에 앞서 괴도의 범행 방식을 디자인했다. 여느 이야기 속 괴도처럼 독특하면서도 추적하기는 어려운 기행이 필요했다. 우리는 고양이를 잃어버린 집에 래커 스프레이로 귀여운 고양이 데포

르메를 그려두기로 했다. 간단하면서도 인상에 남을 테니, 그만큼 효과적인 장치 또한 없을 것이었다.

실종 사흘째인 수요일 아침, 나는 시뮬레이션을 돌려보며 이야기를 흘릴 경로, 형식, 내용을 조정했다. 좀 더 꼼꼼히 작업할 수 있었다면 좋았겠지만 시간이 없었다. 오후부터는 바로 작업에 들어갔다. 여러 웹 커뮤니티에 침투시켜두었던 조작용 AI들이 명령에 따라 소문을 만들기 시작했다. 공동 연구 때문에 준비했던 자원을 절반 가까이 끌어다 썼지만, 일단 급한 불을 꺼야 하니 어쩔 수 없었다.

웹에서 소문을 만드는 한편, 납치할 고양이를 골랐다. 희생자를 찾기는 어렵지 않았다. S대 인플루언서 중에 눈에 띄고 고양이까지 키우는 인물이라면 사회과학대의 정아 외에 또 누가 있으랴. 단순히 인기만 많은 게 아니라, 유능하고 인망도 있어 주변의 신뢰가 두터웠다. 그런 정아가 고양이를 도둑맞았다고 호소한다면, 누가 구태여 사실 여부를 따지겠는가.

금요일에는 이미 조작 효과가 나타나기 시작했다. S대 주요 웹 커뮤니티를 중심으로 이야기가 빠르게 퍼졌다.

그날, K는 정아네 고양이를 성공적으로 빼돌렸고,

안전한 곳에서 돌볼 거라 전했다. 고양이 그림도 제대로 그려둔 모양이었다. 마른하늘에 날벼락을 맞았을 정아네 고양이를 생각하니 마음이 불편하면서도, 한편으로는 안도감이 들었다.

저녁부터 웹 커뮤니티는 괴도 이야기로 끓어올랐다. 고양이를 납치한 걸로도 부족해 그림까지 그려 조롱을 하다니! 그럴 생각까진 아니었지만 지금 단계에선 주목받아 나쁠 것도 없었다. 정아가 곧바로 경찰에 신고하고 범인으로 우리의 괴도를 지목한 것도 계획대로였다.

정아 덕분에 소문이 실제가 된 지금이야말로 이야기에 올라탈 타이밍이었다. 다음 날, 우리는 K의 방에 사건 현장을 꾸미고는 경찰에 신고했다. 웹에도 이야기를 흘렸다.

K는 곧 안 교수에게 연락해 고양이가 납치되었다고 전했다. 나는 K가 사뭇 숙연한 표정으로 전화를 끊자마자 채근했다.

"교수님은 뭐래?"

"어쩔 줄 몰라 하더라. 경찰이 범인을 잡으려고 사방으로 애쓰고 있으니까 너무 걱정하지 말라고 달래 줬잖아. 오히려 고맙다더라."

"그런 소릴 들으니 기분이 묘하네."

"이러고서 초롱이까지 찾으면 대박인데. 아예 우릴 은인으로 모실걸?"

"지금 우리가 하는 짓 생각하면, 그거 진짜 못된 생각인 거 알지? 게다가 없어진 지 일주일이 다 됐잖아."

"하하. 그건 그래. 왜 갑자기 나타나겠어?"

"됐고, 경찰이 수사 제대로 시작하기 전에 훔친 고양이나 어서 돌려놓자. 우리 흔적을 확실히 지워야 끝이야."

"오케이. 내가 처리할게. 그 고양이, 월요일에는 자기 집 거실에서 뒹굴고 있을 거야."

이야기가 재생산되기 시작한 만큼, 슬슬 철수할 시간이었다. 월요일에는 여러 커뮤니티에 투입했던 AI를 회수하고 이야기를 처음 흘렸던 출처도 삭제했다. 이야기는 분분하지만 실제 사건은 두 건. 그나마 한 건은 곧 정리될 테니, 진짜 사라진 고양이는 안 교수의 샴고양이뿐. 경찰이 겨우 고양이 한 마리 찾자고 이 무성한 소문의 뿌리를 파헤칠 리는 없었다. 하지만 흔적을 남길 생각도 없었다.

어쨌든 사태는 차차 정리되고 있었다. 이게 다 논문 쓰고 졸업하자고 하는 짓이지만, 연구는 아직 시작조차 안 했는데 벌써 진이 빠졌다.

협회에서 실험 허가가 떨어지려면 시간이 좀 걸릴 테니 당장 급한 일도 없었다. 나는 여유가 생긴 김에 괴도 소문이 어떻게 흘러가는지 모니터링했다. 자의도 아니었고 어디에 공개할 수도 없겠지만, 어쨌든 내 수고를 들인 내 프로젝트 아닌가.

월요일에 정아가 고양이를 되찾은 것까지는 계획한 그대로였다. 그런데 낌새가 심상치 않았다. AI를 이미 철수시켰는데도 루머는 안정기에 들기는커녕 점점 확장되고 있었다. 괴도 이야기가 새롭게 생산돼 퍼지고 있는 탓이었다. 몇몇 피해 사례는 고양이를 되찾기 위한 노력 하나하나까지 세세하게 공유했다. 괴도가 남긴 고양이 그림을 사진 찍어 올리기도 했다.

누가 이렇게 공들여 거짓말을 할까? 그런데 웹 히스토리로 교차 검증을 해보면… 이른바 피해자들은 실제로 몇 년씩 고양이를 기른 사람들이다. 이런 식으로 삐뚤어진 루머를 퍼뜨릴 사람들은 아닌 듯했다.

수요일까지 지켜보며 다양한 각도에서 상황을 정리했다. 내릴 수 있는 합리적 결론은 하나. 진짜 괴도가 나타난 것이다.

등골이 서늘했다. 누가 이런 범죄를 저지르고 있

든 간에 우연의 일치는 아니었다. 분명 범인은 우리가 만든 괴도를 흉내냈다.

다시 K하고 의논해야 했다.

"카피캣을 미처 예상 못 하긴 했네. 그래도 장단이 있는 거 아냐? 여차하면 이것저것 다 덮어씌울 수 있을 것 같은데. 상황을 좀 두고 보자."

"장단이 있으니까 미리미리 대비해야지. 경찰이 본격적으로 나서면 우리가 노출될지도 몰라."

"전에도 말했지만, 경찰은 고양이 정도로 열 내지 않는다니까. 혹시 그 모방범을 잡는다면 그대로 사건을 종결할걸? 넌 항상 걱정이 지나쳐."

"아니, 진짜 사태가 심상치 않게 흘러간다니까? 말이 양날의 칼이지, 외날이든 양날이든 칼은 없는 게 낫다고.

게다가 모방범이 등장한 데 우리 책임이 전혀 없다고 할 수 있겠어? 고양이를 진짜로 잃어버린 사람들이 있는데 최소한 책임감은 가져야지."

"그래서 뭘 어쩔 건데? 피해자들 생각하면 그렇다쳐도 우리야 범인이 안 잡히는 게 유리하잖아. 게다가 우리가 범인을 찾아다닐 방법도 없고. 내 말대로 해. 일단 어떻게 돌아가는지만 주의 깊게 살펴보자."

마음이 불편했고 K답지 않게 무책임하다고 생각했지만, 별 방법이 없는 건 사실이었다. 입을 꾹 다물고 물러났다.

그런데 목요일 아침 안 교수가 내게 전화를 걸어왔다. 지금껏 연락은 늘 K가 맡았는데? 긴장감에 심장이 졸아들었다.

"L 군. 혹시 지금 옆에 K가 있나?"

"아니요, 교수님. 지금 제 방에 혼자 있습니다."

"좋아, 잘됐군. 결론부터 말하겠네. 자네하고 K가 무슨 일을 벌였는지 안다네."

가슴이 내려앉았지만 애써 태연한 듯 되물었다.

"네? 무슨 말씀이신지?"

"쓸데없이 딴청 피우지 말고 시간을 아끼자고. 지난주에 초롱이가 납치당했다는 소식을 듣고 바로 사람을 고용했네. 경찰도 자네들도 미덥지 않았고, 그 납치범을 직접 잡고 싶은 마음도 있었고.

웹에서 한창 뜨거운 이른바 괴도 이야기도 살펴봤다네. 그런데 뭔가 이상하더라고. 소문을 열심히 퍼나르는 아이디 중에 눈에 띄는 게 있더군. 커뮤니티에 잠입한 AI의 신원은 동료 연구자도 모르는 법이지만, 난 자네들을 실험사회학개론 때부터 가르쳤지 않나. 옛날 실습 중에 L 군 자네가 썼던 아이디가 내 눈에 들어오더란 말일세."

아차. 치명적인 실패다. 시간이 너무 없었다. 애당초 이런 일에 쓰려고 준비해둔 AI도 아니었는걸. 식은땀이 등을 타고 흘렀다.

"아니, 끼어들어 변명할 생각 말고 일단 들어보게. 아이디로 보나 지금 자네 반응으로 보나 자네들이 괴도 소문을 만들었다는 사실은 분명하단 말이야. 하지만 지금 진짜 납치범이 활개를 치고 있단 말이네. 도대체 어떻게 된 일일까?

어이가 없지만, 그럴듯한 설명은 하나뿐이더군. 소문은 자네들이 만들었지만, 의도치 않게 원본도 없는 모방 범죄가 일어나기 시작한 걸세. 자네들은 조작 통제력을 잃은 거야, 지금. 말하자면 실험 사고 아닌가.

그럼 대체 자네들은 왜 그런 얼토당토않은 조작을 시작했을까? 이 두 사실을 한데 엮을 수 있는 가장 간단한 답은 이거지. 자네들은 초롱이를 잃어버렸고, 다시 찾지 못했네. 그래서 이런 일을 벌여서 그 사실을 덮으려 한 거지.

이번 사건들 중 정아 학생네 사건만 유독 눈에 띄는구먼. 고양이가 사라졌다가 돌아온 독특한 사례니 말이네. 아마 이 건에는 자네들이 개입했을 걸세. 고양이를 돌려보내 경찰의 관심이 시들해지길 기대한 듯하고. 물론 좋은 거짓말에는 진실을 섞어야 하네. 모방 범죄만 없었으면 퍽 괜찮은 설계였을지도 모르겠구먼.

그래, 여기까지 내 추리는 어떤가?"

괜히 교수가 아니었다. 이제 와선 사죄할 수밖에 없지 않은가. 사죄한다고 용서받을 일도 아닐 것 같았다. 잘 떨어지지도 않는 입을 간신히 열었다.

"죄송해요. 말씀하신 그대로입니다."

"좋아…. 아직 사과는 됐고, 일단 계속 들어보게. 그런데 한번 생각해봐. 세상 누가 굳이 자네들이 만든 괴도를 흉내낼까? 왜 그렇게 번거롭고 눈에 띄는 방법을 쓰겠나?"

나도 그걸 알 수 있으면 좋을 텐데, 짐작 가는 구석조차 없었다. 그러니 그저 입을 다물고 있는 수밖에.

"별 말이 없는 걸 보니 생각한 바가 없나 보군. 자네는 분명 더 잘할 수 있을 텐데, 실망스럽네. 나중에 진짜 실험을 할 때도 이렇게 느슨한 태도로 하겠나? 프로젝트 중에 사고가 생기면 며칠씩 밤을 새서라도 원인을 찾아 해결해야지. 조작 당사자가 미국에 있는 나보다 판단이 늦으면 어떡하나?

이것 보게. 자네들이 조작을 시작하자마자 누군가

폭발적으로 이 비틀린 행동을 시작한 걸세. 자네가 퍼뜨린 소문이 분명 트리거가 되었단 말이네.

어쨌든 괴도 흉내를 내는 녀석이 누구든지 간에 비합리적인 행동을 하고 있어. 이게 돈벌이가 되는 일도 아니고, 그렇다고 무슨 사상이 드러나지도 않아. 기껏해야⋯ 변태적인 욕구 정도가 있겠지. 이렇게 뜬금없이 나타난 미친놈을 무슨 수로 찾겠나? 하지만 문득 최근 발표된 논문이 떠오르더군. 실험사회학 연구자들이 겪는 정신 건강 문제를 다룬 내용이었다네. 미국 실험 사고 이후에 수면 위로 떠오른 주제일세. 혹시 들어본 적 있는가?”

“네. 당시 프로젝트에 참여한 연구자 중 일부가 통제력이나 판단력을 눈에 띄게 잃었다는 분석이었습니다.”

“그래. 그중 한 사람은 충동적으로 살인까지 저질렀지. 사회 실험에 가장 깊게 영향을 받는 사람은 다름 아닌 연구자 스스로라는 거야. 그래서 내가 고용한 사람에게는 지난 사나흘 간 자네 둘을 감시하도록 했네. 뒷조사도 좀 하고.”

“우리 두 사람 중에 괴도가 있을 거라고 생각하세요?”

“생각하냐고? 결론부터 말하겠네. K가 범인이야.

증거도 다 모았다네. 애써 정아 학생에게 고양이를 순순히 돌려보낸 건 아마 자네 눈을 속이려 했던 거겠지.

여기서부턴 자네가 모르는 내용이라네. K는 동물을 학대하고 죽였던 전적이 있네. 그것도 여러 번. 자기 집에서 기르던 고양이부터 시작했지. 집이 꽤 잘 살아서 그런지 처벌은 피한 모양이지만, 흔적을 완전히 지우진 못했더군. 잔인한 욕구를 한동안 잘 참았지만 이번에 결국 봇물처럼 터진 모양이야."

"맙소사. 그럼 지금 K가 고양이들을 납치해서 죽이고 있단 말씀이세요?"

"사람을 쓰긴 했어도 내가 알아냈을 정도니, 일이 커지면 조만간 경찰도 꼬리를 잡을 걸세. 그렇게 되면 자네도 무사히 피해 갈 순 없겠지.

특히 실험사회학계에는 더 이상 발붙일 데를 못 찾게 될 걸세. 아니, 무허가 실험을 하다가 사고를 낸 셈이지 않나."

이런, 이제 취업할 곳이나 알아봐야 하나. 안 교수가 방해하고 나서면 좋은 자리 찾기는 힘들 텐데. 안 교수는 길게 숨을 내쉬고는 말을 이었다.

"여기까지 들으면 자네도 추측하겠지. 초롱이는 이미 죽었네. 숨겨뒀던 시신을 몰래 버리는 모습도 포착했어. 상태로 보면 냉동고에 넣어놨던 모양이라 하더군. 자네는 까맣게 몰랐던 듯하지만. 내가 이번 일에 대체 돈을 얼마나 썼는지 아는가?

아마 K는 초롱이에게 손을 대고는 자네를 이용해 잘못을 덮으려 한 듯해. 하지만 실험이 기폭제가 돼서 오히려 충동을 억제하기 힘들어진 모양이야."

"그렇다 해도… 굳이 직접 만든 소문을 따라 할 필요까진 없었을 것 같은데요."

"이런. 아직 모르겠나? 늘 그랬듯이, K는 지금 자네를 코 꿰려는 거야. 스스로 충동을 억제할 수 없다는 걸 아는 거지. 그러니 일이 틀어져도 자네가 돕지 않을 수 없는 상황으로 만들려는 게 아니겠나? 아마 이번 일에 필요한 조작은 L 군 자네가 거의 다 했을 테지. 그러니 어쩌면 자네를 주범으로 만들 생각일지도 모른다네."

"교수님! 아무리 그래도 K가 그런 짓까지 할 사람은 아닌 걸요!"

"날 믿게, L 군. 뒷조사까지 했다지 않았나. 자네가 아는 것보다 내가 아는 게 더 많아."

머리가 핑핑 돌았다. 등은 흠뻑 젖었다. 제기랄, 일자리가 문제가 아니구나. 안 교수의 고양이를 잃어버린 데에는 내 책임도 있었다. 그 책임을 피하려 이야기도 만들어 뿌렸다. 사실 벌이야 받을 만했다. 하지만 난데없는 절도에 동물 학대까지 뒤집어쓸 수는 없었다.

그때 문득 이상하다는 생각이 머릿속을 스쳤다.

"교수님. 저한테만 이렇게 따로 연락하신 건 달리 원하시는 바가 있어서가 아닌가요?"

"그래, L 군. 그 정도도 눈치 못 챈다면 더 가르칠 보람도 없겠지. 사실 자네는 그냥 포기하기에는 아까운 학생이네. 게다가 손에 피를 묻힌 사람은 자네가 아니지 않나. 내 말을 듣게. 자네한테는 그리 화나지 않았어.

하지만 K는 아니야. 그 인간은… 내버려둘 수 없네. 빼앗은 생명이 한둘이 아니야. 내가 모은 자료는 따로 경찰에 넘길 계획이네. 하지만 집안 덕택에 한 번 빠져나갔는데, 두 번은 못 빠져나가겠나? 더욱이 경찰은 동물 학대를 대수롭지 않게 생각하는 모양이야. 뭔가 다른 수를 더 써야 하네."

"그 수를 제가 써야 하겠네요."

"K가 괴도라는 걸 웹에 공개해줬으면 하네. 어디서 누가 어떻게 퍼뜨렸는지 드러나지 않으면서도 경찰이 외면할 수 없는 소란을 만들란 걸세. K가 어디로도 달아날 수 없도록 하자고."

"친구를 팔아넘기란 말씀이시군요."

"자네를 배신한 친구지. 자네가 먼저 K의 만행을 알리지 않으면 곧 화살이 자네한테 돌아갈 걸세. 그럼 대응하기 더 힘들어져. 자네가 살아나려면 이 방법뿐이야."

"설령 그렇다 해도 왜 이 일을 저한테 맡기시죠? 교수님께서 직접 하시면 더 확실하지 않나요?"

"세상에, 정말 몰라서 묻는 건가? 사회 조작에 자넬 따라갈 사람은 없어. 박사든 교수든, 물론 나도 말일세. 이번 일로 확신했지. 이렇게 빠르게, 제대로 이야기를 퍼뜨리려면 자네 말고는 달리 적임이 없다네. 뭐, 어쨌든 자네 입장에선 나한테 빚도 갚아야지 않겠나."

뜻밖의 칭찬이 달갑지 않았지만, 모방범 이야기에 K가 미심쩍게 굴었던 일이 떠올랐다. 안 교수 말을 듣고 보니 벌써 내게 뒤집어씌울 궁리를 하고 있는지도 몰랐다.

결국 안 교수의 제안을 따르기로 했다. 그날 오후에 설계를 마쳤다. 금요일에는 괴도의 진짜 신원을 웹에 풀었다. K가 빠져나갈 준비를 마치기 전에 이목을 끌어야 했기에 시간이 많지 않았다. 연구를 위해 준비했던 자원 중 괴도를 만들고 남은 걸 다 털어

넣어야 했다. 그래도 덕분에 금요일 저녁이 되자 이미 주요 포털과 웹 커뮤니티에 괴도의 얼굴이 공공연히 퍼졌다.

토요일, 진행 상황을 확인한 안 교수는 경찰을 찾아갔다. 탐정이며 다른 여러 경로로 입수한 증거가 산더미였다. 웹을 중심으로 일어난 성토 여론이 폭주하는 만큼, 경찰이 수사를 게을리할 여지는 없었다.

토요일 해가 저물 무렵, 웹에 뿌려놓았던 AI를 철수하고 남은 흔적은 없는지 점검하고 있었다. 가까운 사람을 공격했으니만큼, 뒤탈이 없도록 하고 싶었다. 이 일만 잘 마무리 지으면 정말로 이번 소동은 정리되겠지.

순간 누군가 내 방 도어록 키패드를 눌렀다. 문이 열리기도 전에 누군지 알 수 있었다. K였다. 공동 연구 때문에 랩실에서 같이 밤을 새거나 서로의 방에서 묵는 일이 많았다. 나도 K네 방 비밀번호는 알고 있었다.

나도 모르게 앉은 자리에서 벌떡 일어섰다. 쭈뼛쭈뼛 뒤돌아보았다가 K의 벌겋게 충혈된 시선과 마주쳤다. K는 오른손에 칼을 꽉 쥐었다. 아, 젠장. 끝까지 조용히 매듭지을 수가 없다. 애써 목소리를 가라앉히며 입을 열었다.

"야, 왜 그러고 서 있냐? 어제 교수님 한국 들어온 거 알지? 연락은 해봤어?"

"너지? 내 이름 뿌린 사람. 이렇게 뒤통수를 치냐?"

K는 코웃음을 치며 말을 받았다.

"지금 어떻게 된 줄 알아? 집에서도 이번엔 못 도와준대, 소문이 너무 많이 퍼졌다고. 이러다간 전과자 될 판인데, 네가 좀 도와줘야겠다."

"야, 야. 일단 칼 좀 내려놓고. 왜 이야기를 퍼뜨린 사람이 나라는 거야?"

"장난해? 진짜 모르는 거야? 이렇게 삽시간에 이야기를 뿌릴 사람이 주변에 너 말고 누가 있어? 너 사회 조작하는 거 하나는 프로급이야. 안 교수도 어지간하면 너 못 따라갈걸. 이번 괴도 건도 다른 사람이었으면 몇 주를 기획해도 잘될까 말까거든?"

어제부터 자꾸 칭찬을 듣는데 영 기쁘질 않았다. 가능하면 조금 더 편안한 분위기에서 듣고 싶은 말인데.

"그래, 네가 뭘 했는지는 일단 됐고, 내 이름 덮을 만한 기획이나 하나 해보자, 응? 이렇게 되면 나 완전 끝나는 거 너도 알잖아. 우리 친구 아냐?”

“그래, 너는 칼을 든 친구지. 난 협박당하는 친구고. 이것만 묻자. 진짜 네가 범인이야?”

“그래. 내가 했다, 이 새끼야. 이제 더는 안 그럴 줄 알았는데, 초롱이하고 같이 있다가 그만 정신을 놔 버린 걸 어쩌라고. 지금은 나도 내가 감당이 안 된단 말이야.”

“네가 감당 못하는 걸 왜 나한테 들고 와? 그럴 거면 안 교수 고양이를 우리가 맡자는 말도 꺼내지 말았어야지!”

“나도 잘 돌볼 생각이었다고! 그렇게 될 줄 몰랐다니까?”

부아가 치밀었지만 무서웠다. K가 칼을 쥔 손을 휘두를 때마다 등줄기가 쭈뼛쭈뼛했다. 온몸에 신경이 곤두서다 못해 덜덜 떨리는 듯했다.

“야, K야. 괜히 일 키우지 말고 일단 침착하자. 어차피 이젠 내가 루머를 덮는다고 끝날 일도 아니야.”

“무슨 소리야? 아직 소문뿐이잖아. 이것만 가라앉히면 집에서도 도와줄 거야. 경찰이 진짜 증거를 들고 있는 것도 아니니까, 낌새 차리기 전에 정리하면 돼!”

“아니, 그게 이젠 안 된다고. 안 교수가 탐정을 고

용해서 널 감시했대. 네가 초롱이하고 고양이들을 죽였다는 거 다 알고 있어. 증거 사진들도 갖고 있다더라. 다 알고서 나한테 시킨 거라고."

"그럼… 다 아는 거네? 교수도, 경찰도. 나 진짜 망했다. 그치?"

말을 꺼내고 보니 아차 싶었다. 그냥 적당히 도와준다 하고 잘 달래나 볼걸. 망연자실한 표정으로 칼을 쥔 모습을 보자니 손바닥에 진땀이 흥건했다.

하지만 K는 그 자리에 칼을 쨍강 떨어뜨리고는 그대로 몸을 돌려 방을 나갔다. 난 순간 온몸에 기운이 빠져 그대로 주저앉았다. 어서 연락해야 한다. 안 교수에게든, 경찰에게든. 하지만 그럴 기력조차 나질 않았다.

순간 창밖에서 묵직한 무언가가 쿵 떨어져 터지는 소리가 난다. 내다보지 않아도 뭐가 떨어졌는지 알 것 같다. 내다보지 않는다. 그냥 조금만, 조금만 더 있다가 어디든 연락을 하리라 생각한다. 그러면 누군가 와서 도와줄 거야. 너무 힘든 2주였어.

순간 알림이 왔다. 메시지? 챗? 메일? 안 교수일지도 몰라. 확인해보니 한국실험사회학협회에서 온 메시지다.

〈지원번호 나-33012〉

이번 분기 사회 실험 연구를 허가합니다.

자세한 사항은 웹페이지를 참고하세요.

— 한국실험사회학협회

맥이 빠져 헛웃음이 난다. 그치질 않는다. 해가 저
물어 창은 시뻘겋게 물든다.

라인홀드 니버(Reinhold Niebuhr)는 「평온을 비는 기도 *Serenity Prayer*」에서 "바꿀 수 없는 일을 받아들이는 평온함, 바꿔야 할 일을 바꾸는 용기, 이 두 가지를 분별하는 지혜"를 달라고 기도합니다.

"바꿔야 할 일"을 "바꿀 수 없는 일"과 대비한 점이 흥미롭고 의미심장합니다. 문장 구성으로 보자면 "바꿀 수 없는 일"과 짝을 맞출 건 "바꿀 수 있는 일"일 듯합니다. 하지만 할 수 있다고 무조건 바꿔야 하는 건 아니겠죠. 그러니 두 가지를 분별하자면 어느새 '바꿀 수 있지만 바꾸지 말아야 할 일'도 발견하게 되지 싶습니다.

니버의 기도에는 예리한 통찰이 드러납니다. 스스로를 돌아볼 때, 이웃과 교류할 때, 사회에 나설 때 언제나 되새길 만한 금언입니다. 자신과 현실을 대하는 성숙한 자세를 배우게 됩니다.

우리가 현실과 소통하는 중요한 방법 중 하나는 바로 '실험'입니다. 실험에서도 이들을 잘 분별해야 합니다. 바꿀 수 있지만 바꾸지 말아야 할 것을 통제변수, 바꿔야 할 것을 독립변수, 바꿀 수 없는 건 상수로 두어야 합니다. 물론 실제로 실험을 하다 보면 결과를 더 선명히 내기 위해 변수와 가정을 조금씩 조정하게 되겠지만요.

그런데 '소통'이라. 소통은 하나가 아닌 둘이 하는 일입니다. 연구자는 현실을 이해하기 위해 현실을 다양한 변수로 쪼갭니다. 어떤 변수는 바꾸고, 다른 변수는 고정합니다. 현실은 분해되어 제각기 진동하는 조각이 됩니다. 소통하는 둘 중에서 한 편이 이렇게 해체되는 동안 다른 한 편, 그러니까 연구자도 으레 무언가 변화를 겪지는 않을까요?

연구자가 실험을 할 때마다 아주 변한다면 세상 모든 랩은 초토화 상태겠죠. 다행히 우리가 실험을 통해 더듬어 배우려는 현실은 크고 단단합니다. 연구자가 메스를 들고 난도질을 한들 광대한 현실에는 (대체로) 흠도 남지 않습니다. 사실 연구자가 알고 싶은 것도 대부분 '바꿀 수 없는' 법칙입니다. 그 덕분에 연구자는 실험 끝에 스스로 예측할 수 없는 무언가로 변하지 않고도 무언가를 배웁니다.

그렇기 때문에, 실험으로 배우고 싶은 건 '바꿀 수 없는 일'이더라도, '바꿀 수 있는 일'이 더 중요할 때가 많을 듯합니다. '바꿀 수 있는 일' 중에서 '바꿔야 할 일'과 '바꾸지 말아야 할 일'을 구분하지 못하면 실험도, 실험하는 우리도 엉망이 되고 말 테니까요. 하지만 이 둘을 어떻게 구분할 수 있을까요?

실험 대상이 되는 현실도 항상 단단하지는 않습니다. S대 실험사회학과 이야기에서처럼 말입니다. 그럼 우리가 안전하게 메스를 댈 수 있는 범위는 어디부터 어디까지일까요?

저로선 니버의 기도문으로 다시 돌아갈 수밖에 없을 듯합니다. 지혜, 그것도 실험으로는 배울 수 없는 지혜가 필요할 테니까요.

그을린 올가미

오늘은 중요한 날이야. 몇 달을 준비한 끝에 맞이하는 해방일인걸. 망칠 수는 없어. 하지만 어제 저녁에는 마음이 들떠 밤새 잠을 제대로 못 잤네.

우리 어제는 정말 근사했지. 기분도 붕 떠 있었고. 그도 그럴 게, 오랜만에 하는 데이트였잖아. 네가 학기 중 현장연수를 간다고 뉴욕행 비행기를 탄 지 3주 만이었지. 사귀고 나서 이렇게 오랫동안 못 본 건 처음이었어.

학기 중 연수라니, 나 때는 그런 거 없었는데. 아니

면 있었는데 내가 몰랐던 것일지도. 참, 나도 아직 졸업 전이니 '나 때'니 뭐니 할 것도 없구나. 어떻게 생각해도 내가 모르고 지나쳤다 할 수밖에. 성적은 대충 부끄럽지 않을 정도로만 챙기고, 교내외 행사며 학과 활동은 다 내다버린 은둔형 라이프. 연수니 뭐니 하는 거창한 데엔 정보도 관심도 없었거든.

아마 그래서 네가 미국에 다녀온다 했을 때 더 놀랐을지도 몰라. 아직 학기가 한창인데 무슨? 어떤 프로그램인지, 내용은 무엇인지, 그래서 뭐가 좋은 건지 한참 떠들어대는 너를 앞에 두고서 나는 무슨 이야기인지 따라가는 것만도 힘들었어. 그렇게 열심히, 충실하게 스스로를 채워가는 너를 보니 한편으로는 대견하고 자랑스러웠지만, 한편으론 네가 부쩍 멀어진 것 같았고. 뭐, 기대로 가득해 신난 널 앞에 두고 그런 이야긴 꺼낼 수도 없었지만. 나이도 더 많은 주제에 자존심 상하고, 자존심 상한다는 게 더 부끄럽고.

어쨌든 난 너랑 가보고 싶었던 예쁜 식당을 찾아놓고, 너무 꾸몄다는 티는 안 나지만 충분히 예쁜 옷을 고르느라 일주일 내내 고민했어. 뭔가 처음인 양 떨리던걸.

오랜만에 보는 네 얼굴은 정말 빛이라도 나는 것

같더라. 어휴, 이렇게 이야기하니까 꼭 사춘기 중학생이 된 기분이지만, 알 게 뭐야. 정말 그랬단 말이야! 얼빠진 표정을 짓지 않으려고 얼마나 애썼는지 알아? 너는 처음 봤을 때도 정말 예뻤는데, 그날은 그보다도 훨씬 더 사랑스러웠다고.

식당은 분위기도 그럴싸하고 음식도 괜찮았어. 팟타이며 쏨땀도 꽤 맛있었지. 하지만 그보단 밀린 이야기가 너무 많았어. 연수 중엔 시차 때문에 통화도 자주 못했잖아. 그나마도 네가 일정이 바빠 오래 이야기할 수도 없었고. 우린 쉬지 않고 웃고 끄덕이고 묻고 대답하고 손을 놓지 않으면서도 자꾸 아쉬웠지.

"어쨌든, 그래서 역사물리학 시험은 준비할 엄두가 안 난단 말이에요. 언니가 좀 많이 도와줘야 돼. 안 그럼 나 완전 망할 거야."

"공부야 당연히 같이 하겠지만, 그래놓고 성적은 네가 더 잘 나오는 거 아냐? 이대로만 하면 졸업할 때 숨마쿰라우데도 어렵지 않잖아."

"최우등졸업은 어디 써먹지도 못하잖아요. 그냥 명예지, 명예. 게다가 '이대로만' 하기도 힘들단 말이에요. 요샌 엄청 아슬아슬한걸. 그렇잖아도 빡빡한데 역사물리학은 생각도 못한 수학투성이라 머리가 터질 것 같아.”

널 만난 건 작년이었지. 정아하고 같이 듣기로 했던 교양 수업 ‘AI사회학개론.’ 사실 수업 자체는 실망스러웠어. 정아는 일주일 만에 수강을 취소했고, 난 괜한 고집으로 끝장을 보겠다고 앉아 있었네. 근데 교양 수업이란 게 으레 그렇듯 조별 발표를 해야 했잖아. 네 명이 한 조인데 그 중 한 사람은 갑자기 휴학한다고 하고, 또 한 사람은 잠수를 타버렸어. 남은 둘이서 프레젠테이션을 준비하며 네 사람 몫을 해야 했지. 그게 너하고 나였고.

처음에는 너무 화도 나고 못 견딜 것처럼 짜증이 밀려왔는데, 생각보다 나쁘지 않았어. 네 덕분에. 후배로든 친구로든 넌 정말 괜찮은 사람이었고, 그래서 그 엉뚱한 수업에서만큼 프레젠테이션을 즐겁게 준비한 적도 없었어.

“참, 혹시 정아 선배는 역사물리학 수업 벌써 듣지 않았어요? 아직 안 들었어도 수학 엄청 잘하니까 좀 도와달라고 할 수 있지 않을까?”

“글쎄, 시험 기간이잖아. 같이 공부하자 하려면 서로 주고받는 게 있어야지.”

“그럼 상부상조하지, 뭐. 우리가 선배한테 어떻게 득이 될지는 찾으면 되죠! 언니가 한번 물어나 봐요.

언니하고 선배 친하잖아. 아, 아님 내가 이야기해볼까? 나 이번에 연수 다녀오면서 선배랑 엄청 친해졌잖아."

마음 한가운데가 뜨끔했어. 손톱 밑 약한 살이 종이에 베인 것처럼.

정아. 멋있고 자랑스러운 내 친구. 넘치는 매력으로 S대에서 모르는 사람이 없는 유명인이자 인기인. 스터디부터 세미나, 학회, 엠티, 과총까지 손만 대면 흥하게 한다는 능력자. 내가 어쩌다 친해질 수 있었는지도 모를 인싸 중 인싸.

작년에 전국을 떠들썩하게 만든 S대 분쟁에서도 정아는 유난히 빛났어. 어거지나 다름없는 대학 본부의 이른바 '개혁'에 맞서 우렁차게 연설하던 모습이란. 흡사 빛나는 창으로 적의 심장을 꿰뚫는 아테나, 말발굽으로 침략자를 밟아 뭉개는 잔 다르크, 휘몰아치는 눈보라 한가운데에서 성채를 불사르는 발키리, 단두대 위에 올라서서 발밑에 있는 얼간이들을 조롱하며 준엄하게 꾸짖는 올랭프 드 구주. 창연한 분노와 눈부신 고결함을 뿜어내는 그 모습에 누군들 반하지 않을까.

그런 정아가 너랑 친해졌다는 이야기를 들으니 왠지 불안할 수밖에 없잖아. 내 애인이지만 너무 멋있는 너와 내 친구라지만 좀 많이 잘난 정아. 두 사람이 어울리지 않는다면 솔직히 거짓말일 테니까.

너희 두 사람은 그 먼 땅에서 무슨 이야기를 했을까? 함께 무엇을 보고 듣고 느꼈을까? 내가 없는 곳에서 두 사람은 얼마나 찬란한 세계를 공유했을까? 너는 정아에게서, 정아는 네게서 또 어떤 매력을 발견했을까?

그날, 나잇값도 못하고 네게 삐죽댔던 건 그래서야. 넌 네가 날 두고 미국을 다녀온 탓이라 여겼던 것 같지만.

"흐응? 정아하고는 어떻게 친해졌을까? 너 같은 모범생은 다 감당 못할 사람인데?"

"에이, 무슨 말이 그래요? 이야기해보니 그냥 잘 맞던데. 생각해보면 언니하고 죽이 잘 맞는 선배가 나하곤 영 안 맞는다면 그것도 이상하잖아?"

"관계란 게 꼭 그렇지는 않단다. 친구의 친구가 꼭 친구란 법은 없으니까."

"그래도 애인 절친하고는 친해지고 싶은 게 인지상정 아니겠어요? 셋이서 놀러 다니기도 하면 좋지, 왜. 게다가 정아 선배 같은 사람이랑 잘 알고 지내면 나도 많이 배울 수 있지 않을까?"

다 같이 논다니, 넌 확실히 나하고는 발상이 달라.

정말 밝고. 하지만 너무 잘난 친구에게 애인을 꼭꼭 숨겨두고 싶은 것도 인지상정일걸?

"스터디하는 건 내가 물어볼게. 가능하면 한두 명 정도 더 모아서 아예 그룹으로 하든지."

"오예! 고마워, 언니. 벌써부터 이번 기말 큰 고비를 넘긴 거 같아."

"혹시라도 정아한테 너무 달라붙지는 마."

"어머나, 지금 질투하는 거였어?"

"그런 게 아니야. 방금 이야기했잖아? 정아 은근히 무서운 친구야. 한번 꼭지 돌면 앞뒤 안 가리고 폭발하기도 하고."

"누군 성질 없나, 뭐? 그리고 언니는 날 너무 모범생으로 알아요."

넌 씨익 웃어 보이며 무슨 큰 비밀이라도 공유하겠다는 듯 이야기했지.

"나도 꽤 불량 학생이랍니다."

"아이고, 얼마나 대단한 비행을 저지르셨길래?"

"언니, 이건 진짜 비밀이에요."

검지를 입술에 대며 사뭇 진지한 듯 미간에 힘을 주는 모습이란.

"어렸을 때 걸스카우트 했거든요. 왜 그런 거 있잖아, 봉사활동에 캠핑에…. 자잘하게 이것저것 많이 가르쳐주는데 사실 써먹을 만한 게 별로 없었어요. 구급법 말고는.

그래도 유난히 재밌는 게 하나 있었어. 매듭 묶는 법 가르쳐주면서 올가미 만들기도 같이 알려준 거야. 왜 그런 거 있잖아요, 한번 걸려들면 벗어나려 버둥댈수록 더 단단히 빠져드는 함정.”

넌 파우치에서 웬 끈을 꺼내 솜씨 좋게 엮어 올가미를 만들어 보여줬어. 올가미를 넘겨받아 이리저리 들여다봤지. 살짝만 당겨도 올가미가 조여드는데 반대로 당겨도 헐거워지지는 않는 거야. 문득 올가미에 사로잡혀 버둥대는 새끼 새의 모습이 머릿속을 스쳐 지나갔던 것 같아.

“그래서 올가미를 만들 줄 안다고 대단한 불량 학생이라는 거야? 걸스카웃 하면서 구급법 배웠다는 이야긴 불량함과는 거리가 머네요.”

“언니, 끝까지 좀 들어봐요. 올가미가 왜 재미있었겠어? 어렸을 때부터 이걸 만들어서 여기저기 살짝 놓아두곤 했거든요. 사람들이 아차 하고 걸릴 만한 곳에. 말하자면 사람 사냥을 한 거지.”

“사냥?”

“그렇다고 함정에 걸린 사람을 쫓아가 때리거나 하는 건 아냐. 처음엔 올가미를 두고서 누가 걸리나

안 걸리나 멀리서 망을 봤어요. 그런데 나중엔 그냥 올가미를 놓았다는 사실만으로도 마음이 두근두근 설레더라고. 그냥 지나다니면서 올가미가 그대로 있는지, 사라졌는지 확인하는 정도?"

"그건 참 성실한 건지 불성실한 건지 미묘하네⋯. 그런데 그런 걸 놓아두면 누가 다치지 않았어?"

"어렸을 땐 그게 위험한 줄 몰랐어요. 중학교 올라가서는 '아, 누구 하나 다치면 일이 크게 번지겠구나' 깨닫게 됐거든. 그래서 꽤 공을 많이 들이게 됐어요. 눈에 잘 안 띄면서도 사람이 무심코 걸릴 만한 곳, 또 걸려서 넘어져도 다치지는 않을 곳이어야 하고. 그래야 그냥 장난으로 끝나니까, 뭐.

게다가 올가미의 세계는 끝이 없어요. 처음 배웠을 때부터 이것저것 찾아보며 공부하고, 실험도 하고. 이제 나만의 올가미를 만들게 되었다는 말씀. 올가미란 게 보통 손으로 느슨하게 만들면 다 빠져나오거든요? 하지만 내가 만든 올가미에 걸리면 그러기 쉽지 않아요. 그러니까⋯ 이건⋯ 따지자면 성실하고도 불량한 장난이랄까?"

넌 다시 짐짓 근엄한 표정을 지으며 이야기했지.

"언니, 이건 절대 비밀이에요. 아무한테도 말하면 안 돼. 언니 절친인 정아 선배한테도. 나도 언니 말고는 아무한테도 이야기 안 했어요."

난 올가미를 돌려주며 물었어.

"뭐, 그 정도면 아슬아슬하게 불량한 축에 들 것도 같네. 올가미에 걸리면 어떻게 빠져나와야 해? 그냥 줄을 자르면 되려나?"

"잘라도 되겠지, 뭐. 그래도 전문가는 의외로 쉽게 풀어요. 그러니까 여기를…."

넌 말하다 말고 씩 웃으며 중간을 끊었어. 장난기가 그렁그렁한 네 눈.

"아니야, 너무 한 번에 다 말해주는 거 같아. 다음에 이야기해줄게요. 우리 다음 데이트는 언제 할까요?"

"얘는. 우리가 데이트 아니면 얼굴을 안 보는 것도 아닌데 뭘 벌써부터 예약이야?"

"오, 언니 일정은 예약제예요? 그럼 이번 달 일정은 내가 몽땅 예약해야겠다. 나도 몇 주 동안 언니를 못 봐서 너무 외로웠단 말이에요."

네 장난 섞인 애교를 어떻게 뿌리칠 수 있을까. 나도 모르게 올라간 입꼬리를 넌 언제나 잽싸게 알아채지.

"어, 이제 언니 기분 좀 풀렸나 보다. 헤헤."

정말 날이 밝도록 너와 같이 있고 싶었어. 하지만

이튿날은 내가 몇 달을 공들여 준비한 날이었고, 아쉽게도 우린 다음을 약속하며 서로를 밤늦게 배웅해야 했지.

너에게 말한 적은 없지만 난 이렇게 몇 달마다 해방일을 준비해. 뭔가 촌스러운 이름이지? 실제로 그렇게 거창한 날도 아니야. 꼼꼼히 준비해둬야 하지만, 그렇다고 온 동네에 소문 내고 다닐 만한 기념일은 아니거든.

불을 해방하려면 이런저런 준비가 많이 필요해. 꼬리를 밟히지 않는 게 첫 번째야. 발화제나 연료 같은 재료도 꽤 들어가는데 그런 걸 대뜸 잔뜩 사면 이상하잖아? 그러니 의심스럽지 않은 종류로 수상하지 않을 만큼씩만 모으는 게 중요해. 점화장치는 지나치게 독특한 모양이면 안 되고, 사전 답사가 중요하지만 너무 얼쩡대다 눈에 띄어도 안 돼. CCTV 위치 정도는 미리 파악해두어야 하고. 그러다 보니 한 번 해방 작업을 하는 데 몇 달씩 걸릴 수밖에.

하지만 참된 방화는 불을 놓는 것만이 다가 아냐. 방화자는 먼저 불을 타자화해야 해. 대부분의 방화범은 바로 여기서 실패한 탓에 '올바른 방화'를 하지 못하는 거야. 어떤 사람은 불이 가진 힘을 자기 것인

양 착각하고 희열을 느끼지. 또 다른 사람은 자기 분노 같은 사소하고 비천한 감정을 싸지르기 위해 불을 지르고. 자위도 제대로 못할 조루 환자 같은 쓰레기들.

내 아버지란 사람도 그랬어. 책임지지도 못할 일을 벌여놓고, 감당이 안 되니 집에 불을 질러버렸다니까. 빚을 감당 못하겠으면 파산 신고를 하든 어디 가서 혼자 죽어버리든 하지, 왜 애먼 가족을 끌어들였을까? 그 바람에 엄마는 세상을 떠났고, 내 등엔 짙은 화상 흉터까지 남았잖아. 너도 아는 그 흉터 말이야. 정작 그 인간은 몸에 흉 하나 안 남은 채 체포됐다? 가족하고 같이 죽겠다더니 막판에 겁이라도 났나 봐.

어쨌든 불은 정말 매력 있어. 방화자가 불을 낳는다거나 지배한다고, 통제한다고 착각한다면 참 염치없는 짓이야. 불은 공정하고 정직해. 강하면서도 갸륵하고, 또 완전하지. 어떻게 사람 따위가 그토록 정결하고 거룩한 존재에 비기겠어?

그러니 올바른 방화자란 자기 안에서 불을 끄집어내려는 바보가 아냐. 원래 불이 태어나야 했으나 억압되어 미처 그러지 못했던 곳에 불을 자유로이 놓아주는, 말 그대로 해방하는 사람이야. 그게 '불을 놓는다'는 일 아니겠어? 불은 방화자의 사상이 아닌 불 자신만의 표현과 환희, 자유로 가득해야 해.

참된 방화를 하려면 끊임없이 고민해야 해. 어떤 불이, 어느 곳에 있어야 했을까? 불이 해방되지 못한 이유는 무엇일까? 불이 났다는 소식은 쉽게 접할 수 있지만, 미처 불이 나지 못했다는 이야기는 듣기 어려운 법이야. 그래서 불을 해방하려는 사람은 온갖 가능성을 끈질기게 파헤치고, 다양하게 상상해야 하지. 불을 올바르게 해방할 만한 이야기를 찾는다는 건 하나의 예술이야. 경이와 환희가 가득한 만남을 준비하는 예술.

이번 이야기는 의외로 가까워. 누구든 기억할 S대 분쟁 당시 이야기거든. 분쟁이 뜨거워지던 그때는 다들 격앙해 있었고, 몇몇 학생은 화염병까지 준비했어. 여차하면 대학 본부부터 잿더미로 만들겠다는 생각까지 했던 걸까? 뭐, 꼭 그렇게 과격한 계획이 있었다기보다는 분노와 치기가 섞인 비장함이었을지도. 뭘 기대하고 준비했든, 줄다리기가 격렬해질 무렵, 화염병 몇 개가 인문대에 날아드는 모습을 꽤 많은 학생이 목격했어.

그런데 불을 끄겠다고 부리나케 달려간 이들을 반

긴 건 향긋한 사과 향이었어. 누군가가 일이 이렇게 흘러갈 걸 염려하고 화염병에 든 휘발유를 진작 사과주스로 바꿔치기해놓았던 거야. 그 누군가가 다름 아닌 정아였다는 사실을 아는 사람은 거의 없지. 결국 정아 덕분에 분쟁 와중에 누가 불에 타 죽는 일은 없었던 셈이야. 게다가 사과주스라니! 정말 그 유머 감각은 따라갈 수가 없다니까.

다만 정아 때문에 태어나지 못한 불에겐 전혀 재미없겠지. 그 자리에 놓여나 웅장하게 자신의 이야기를 풀어냈어야 하는데 시작할 기회마저 잃었으니까. 우린 그 불을 만날 기회를 잃었고. 내가 할 일이 바로 여기에 있어. 그날 해방되지 못한 불을 풀어주는 것.

사실 준비하기가 만만하지는 않았어. 학교는 분쟁 이후로 보안을 끔찍할 만큼 치밀하게 강화했거든. 하지만 **좋은 친구**가 있으면 어려운 일도 해낼 수 있지. 어차피 사람이 많이 드나드는 건물인 만큼, 불특정 다수에 섞여 조금씩 밑작업을 해 나갔어. 불길이 복도를 따라 건물 전체에 고루 퍼지도록 하는 데에만 꼬박 한 달이 걸렸지 뭐야.

준비하는 내내 새로운 영감이 떠올랐어. 불이 무엇이든 원하는 대로 할 수 있도록 힘을 북돋아줄 발화제, 작고 단순하지만 효과적이고 믿음직한 신관, 자유를 되찾은 불을 안전하게 바라볼 수 있는 장소까지. 완벽하게 해내려면 인내와 숙련이 필요한 일이지만, 하루하루 보람으로 가득했어. 마치 불이 자신을 구해달라고 끈질기게 손을 내미는 것만 같았고.

발화 지점은 학장실로 정했어. 학장실은 인문대학을 아우르는 불이 시작되는 지점으로서도 적절했지만, 그에 앞서 사과주스 화염병이 날아들었던 곳이거든. 원래 불이 있어야 했던 자리. 학장실만큼 그 표현에 어울리는 장소가 따로 없었지.

그렇게 오늘, 마침내 해방일을 맞이한 거야. 착화만큼은 내 손으로 직접 해야 하기에 인문대에 왔어. 이 일만큼은 절대로 허술하게 할 수 없거든.

학장실로 걸어가다 문득 고개를 드니 천장에 붙은 돔형 CCTV가 눈에 들어오네. 한 번 씨익 웃어나 주고 고개를 돌려. 워낙 촘촘하게 설치해둔지라 CCTV를 피할 수는 없어. 하지만 진작 영상 저장 장치를 손봐두었단 말이야. 카메라는 날 볼 수 있어도 찍지는 못해. 사람들 눈만 잘 피해 가면 되는 거야.

학장실 도어록을 열어 비밀번호를 눌러. 번호는

미니캠으로 알아냈어. 도어록이 잘 보이는 위치에 캠을 숨겨두고 때를 기다린 거지. 이 부분은 너무 손쉬워서 오히려 재미가 없었다니까.

학장실 문을 여니 은은한 향기가 올라오네. 방향제가 있나 봐. 재스민? 라벤더? 향을 좋아하는 너라면 한 번에 알아챘을 텐데, 난 맨날 들어도 헷갈리더라. 지난번에 네가 허브티를 종류별로 선물해줬잖아. 이건 로즈마리, 이건 캐모마일… 마셔보면 향도 맛도 각자 다 다르다며 네가 한참 설명해줬지만, 아무래도 잘 모르겠어. 사실 그 뒤로 몇 번 마시지도 않았고. 목이 마르면 편의점에서 캔커피를 사 마시는 게 더 편한가 봐.

네가 준 향초도 거의 장식용으로만 쓰는 셈이야. 하지만 그건 네가 이해해줘야 해. 아무리 네 선물이라도, 불을 그렇게 쓰는 건 아무래도 내키지 않아. 게다가 괜히 잘못 건드려서 불이 커지면 어떡하니? 촛불을 계속 보고 있다가 불을 더 자유롭게 풀어주고 싶다는 생각을 주체하지 못하면 또 어떡해?

이제 학장실 구석구석에 연료를 놓고, 준비해 간 발화장치를 설치해. 이 안에는 지연신관이 들어 있

어. 사람이 없는 경로로 빠르게 움직이면 건물을 나
가는 데 4분 20초, 안전한 거리만큼 멀어지기까지
는 7분. 그 시간을 지연신관이 벌어줄 거야. 이미 수
없이 실험해본 부분이지만, 불을 해방하면서 이만
큼 중요한 부분이 또 없거든. 어떤 길로 나가 어느 방
향으로 움직여야 할지 다시 머릿속으로 그림을 그려
봐. 그러곤 신관에 불을 댕겨. 장치 속에 든 신관을
따라 불꽃이 타들어가는 소리가 들리고.

평화로운 휴일 오후. 문득 창밖으로 기울어가는
따듯한 햇살이 뺨을 스치네. 학장실을 나갈 때까지
는 긴장을 놓지 말아야 하지만, 나도 모르게 창 쪽으
로 시선을 돌렸어. 햇볕 잘 드는 곳에 놓인 책상, 시
커먼 명패에 자개로 새긴 우 교수의 이름이 마치 한
껏 뽐내는 듯해. 벼락출세한 우 교수. 오늘 오후에는
교지 인터뷰 일정이 있으니 계속 바쁠 거야. 우린 데
이트하면서도 시험 스터디를 어떻게 할지 고민했는
데, 교수님은 문제나 다 만들었나 몰라.

그런데 책상에 역사물리학개론 교과서와 서류봉
투가 포개진 채 놓여 있어. 그 위에 붙은 포스트잇만
아니었으면 바로 학장실을 나갔을 텐데.

교수님 말씀하신 대로 교과서에 표시해두신 곳에

서 문제 만들어놨습니다. 확인해 수정하시기만 하면 됩니다.

이제 당장이라도 뛰어나가야 해. 하지만 손만 뻗으면 역사물리학 시험문제를 볼 수 있어. 네가 그렇게 고민하던 역사물리학, 그래서 정아하고 같이 스터디하자고 이야기한 그 역사물리학. 이것만 있으면 정아 없이 나하고 둘이서만 공부해도 괜찮아. 네가 정아와 뭐가 어려운지, 뭐가 복잡한지, 뭐가 답답한지, 뭐가 이상한지, 뭐가 쉬운지, 뭐가 재밌는지 이런저런 이야기를 할 필요도 없어. 수학투성이 빡빡한 공부도 내가 다 도와줄 수 있어.

나도 모르게 책상을 향해 걸음을 내디뎌. 한 걸음, 두 걸음, 세 걸음. 건물을 나가야 하는 시간까지 3분 40초. 네 걸음째에 갑자기 뭔가에 발이 걸려. 앞으로 넘어지면서 순간 책상을 짚었나 봐. 바닥에 떨어진 명패가 '깡' 소리를 내며 깨지고, 나도 결국 균형을 잃고 그 위에 넘어져. 명패 조각이 손바닥을 파고들고, 난 당장이라도 터져 나오려는 비명을 되삼키며 후다닥 일어나. 아니, 일어나려 하다가 이내 고꾸라져. 왜? 무슨 일이 벌어진 거지? 이제 3분.

무언가 발목을 붙잡고 있어. 급한 마음에 발을 버

둥대다 가까스로 마음을 가라앉히고 몸을 당겨 발목을 확인해.

올가미야. 올가미가 발목을 죄고 있어. 어제 네가 보여준 모양 그대로야. 너 정말 대단하다. 학장실에 이런 걸 놓을 생각을 다 하고. 일 커지는 거 싫다는 애가 학장 사냥이니? 이러면 비록 학장이 안 다치더라도 시끄러워질 거라고. 나는 가끔 네가 무슨 생각을 하는 건지 정말 모르겠다니까. 똑똑하면서도 엉뚱하고, 진지하면서도 건성건성… 이제 2분 30초.

발목을 털기도 하고 당겨도 보지만 점점 더 조여들어. 올가미는 책장 다리에 단단히 묶여 있어서 묶인 채로 달아날 수도 없어. 아차, 아까 깨진 명패가 있지! 그걸로 올가미를 끊으면 되겠다. 책상으로 기어가 크고 날카로운 조각을 하나 집어 들어. 1분 30초. 이젠 건물을 다 나가기도 전에 불길이 거세질지도 몰라.

명패 조각을 올가미에 대는 순간 다시 아차, 하며 멈칫해. 이거, 그냥 끈이 아니라 철사였구나? 유리 조각 같은 걸로 끊어질 리가 없지. 정말 사람 안 다치게끔 고민해서 놓은 거 맞아? 난 아까 넘어지면서 손바닥도 찢어졌단 말이야! 느슨하게 하려고 손가락으로 비집어보고 이로 물어서 당겨도 보지만 올가미는 꼼짝도 안 해. 1분.

이젠 발화장치를 끄는 수밖에 없지만 너무 멀어. 올가미 때문에 가까이 갈 수가 없어. 명패 조각이며 책이며 손에 잡히는 대로 집어던지지만 아무 소용이 없고. 말했던가? 난 작업을 허술하게 하지 않거든. 30초, 10초. 끝났어. 이젠 풀려 나와도 도망갈 시간이 없어.

미안. 어제 올가미 이야기할 때 '겨우 그런 걸 가지고 불량하다니'라고 생각했거든. 그런데 당해보니 이거 좀 무섭다, 야. 내가 생각한 것보다 훨씬 더 불량스러운 일이었어.

신관에서 '픽' 하는 소리가 나며 불꽃이 튀네. 시작된 거야. **좋은 친구** 덕분에 방재 시스템도 껐으니 이젠 막을 수 없어. 등줄기를 타고 한 줄기 식은땀이 흐르는 걸 느껴. 아직 연기도 나지 않는데 목이 너무 아파. 찔리지 않은 쪽 손도 얼얼하게 아파 오고. 왜 그럴까 했더니, 어느새 목이 터져라 비명을 지르고 있었나 봐. 손으로는 책장을 마구 두드리고.

계획한 대로 삽시간에 연료에 불이 옮겨 붙어. 이제 눈 깜짝할 사이에 인문대 전체가 불길에 휩싸일 거야. 불 냄새가 올라오니 재스민인지 라벤더인지

하는 향기 따위는 이미 온데간데없어.

정말, 어제 올가미 푸는 법까지 들었어야 했는데. 다음을 약속하는 말에 그만 넘어가버렸지. 책장에 불이 붙자 눈앞에서 장관이 펼쳐져. 책상 위에 있던 시험문제도 다 탔겠지? 그럼 이제 넌 정아하고 둘이서 스터디를 할까? 어떻게든 시험문제만큼은 챙겨야 했는데.

연기가 가득해. 이젠 눈앞이 흐리고 숨이 막혀. 콜록거리며 마지막 숨을 내쉬려는데, 보여. 불타는 책장이 얼굴 위로 무너져 내리는 게.

안녕, 다음 데이트 때 올가미 푸는 법을 듣기로 했지만.

안녕, 올가미를 이야기해준 네게 난 불 이야기도 아직 못 해줬지만.

안녕.

사랑, 사랑, 사랑.

온 세상이 사랑에 목말라 헤매는 듯합니다. 콘텐츠마다, 노래마다 사랑을 빼놓지 않습니다. 여기저기서 너무 많이 불러대어 '사랑'이 정작 어떤 의미인지 잊어버릴 지경입니다. 사랑을 향한 갈망을 보자면, 마치 사랑만 있으면 세상 모든 문제가 해결될 것만 같습니다.

하지만 사랑에 그럴 만한 힘이 있을까요? 누군가는 사랑한다는 이유로 사랑하는 상대를 올가미로 얽어맵니다. 또 누군가는 상대를 불 속에 집어 던집니다. 반대로 스스로 올가미에 묶이거나 불에 뛰어들기도 합니다. 그걸 꼭 나쁘다고 할 순 없습니다만, 아무래도 문제 해결과는 큰 상관이 없는 듯합니다.

사랑에 빠지면 (최소한 처음에는) 온 세상이 사랑으로 가득 찬 듯하다 그럽니다. 그러다 보니 사랑이 절대적이고 가장 귀하다고, 그에 비하면 다른 모든 것은 별 볼 일 없다고 여기기 쉽습니다. 하지만 사랑을 정서나 감각으로 한정해보죠. 어느 종류든 감각은 우리를 압도하지 않나요? 예를 들어 증오는 어떨까요? 분노에 휩싸일 때는 온몸과 마음이 온통 화로 가득합니다. 정작 우주는 내 증오에 무관심하겠지만, 내 눈에는 온 세계가 이글이글 타는 듯합니다. 절망도 그러할 테고, 때로는 배고픔이나 하다못해 간지러움마저 우리 머릿속을 완전히 지배해버립니다.

그런데도 정말 사랑이 특별하다고 믿어야 할 까닭이 있을까요?

…어디까지나 볼썽사나운 투정입니다. 사랑이라고 하자니 온통 실패한 기억만 떠올라버리니까요. 지금도 제 사랑은 하찮고 모자랍니다. 누구에게도 들이밀 것이 못

됩니다. 그래서 그냥 제 안 어느 한구석에서 데굴데굴 굴러다니라고 내버려둡니다. 속에서 드르륵거리며 구르는 소리가 날 때면 도무지 웃을 수가 없습니다.

그러니 사랑을 낮잡는 이야기는 모두 거짓말입니다. 제 사랑이 한심하다고 세상 모든 사랑까지 무시한다면 저는 터무니없는 바보입니다. 물론 바보가 아니라는 소린 아니지만, 그래도 그 정도는 아니니까요.

정직하게 돌아보면 사랑이 품은 가능성은, 사랑을 정서가 아닌 실천으로 보자면, 결코 작지 않다고 인정할 수밖에요. 그런 의미에서 차라리 마지막까지 사랑을 떠올리며 죽을 수 있는 건 해피엔딩입니다. 특히나 악당으로서는 더 바랄 나위 없는.

한국역사물리학의 기원과 발전

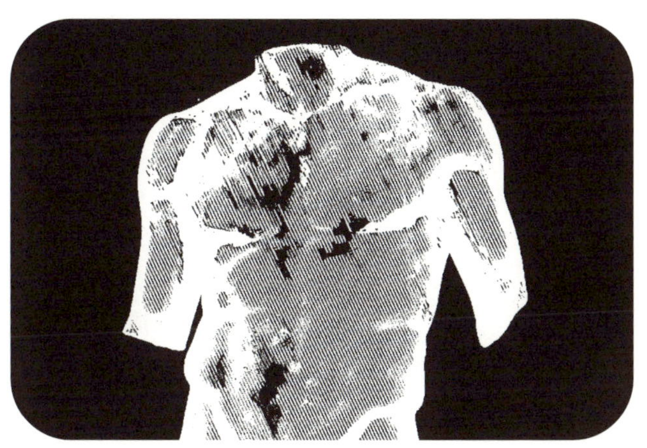

한국역사물리학의 기원과 발전

"한국에서 시작된 건 그렇게 오래 안 되었습니다. 이제 한 오 년 정도죠? 사실상 교수님이 국내에선 선구자시잖아요. 역사가 짧다 보니 아직까지 오해하는 사람들이 꽤 많은 학문입니다. 다들 고대 점성술이나 근대식 기계론적 미래 예측 등을 떠올리니까요."

난데없이 구술시험을 치게 된 나로선 난처하기 그지없었지만, 빙글빙글 웃는 모습을 보자니 우 교수는 퍽이나 신난 듯했다. 사람을 곤란하게 해놓고 즐기다니, 변태가 따로 없다. 둥글둥글한 얼굴에 능글

능글한 눈이 반짝였다. 코는 물론 입술도 포동포동하게 살이 올라 정육식당 간판이라도 어울릴 얼굴이었다.

저녁놀이 창 안으로 조용히 비쳐 들었다. 우 교수의 삼성동 아파트는 멀리 한강까지 내다보이는 나름 명당이었다. 주변에 번잡한 상가도 없어, 오늘 같은 토요일 오후에는 한적한 동네다. 독신 남성이 살기에 좀 적적하지 않을까 싶기도 하지만, 어차피 워낙 바쁜 양반이 집에서 지내면 얼마나 지내려고.

"그… 제가 여기까지는 제대로 기억하고 있는 거죠?"

"뭘, 몇 마디 겨우 하고서 그걸 물어? 김 군 바로 지지난 학기에 내 개론 수업을 들었잖아. 계속 해봐. 그래, 역사물리학하고 점성술의 차이점이 뭐라고 생각하나?"

속으로 끙, 하고 앓는 소리를 삼키며 거실 책장을 곁눈질하니 (세상에, 대체 어떤 사람이 거실에 보란 듯 책장을 놓는단 말이야?) 우 교수가 직접 집필한 역사물리학 교과서가 눈에 들어왔다. 그래봤자 다른 해외 원서들을 짜깁기한 내용이었지만, 아직 우리나라에는 그만 한 전문가가 없다. 책장에는 자신이 쓴 다른 책들을 해외 석학의 연구서 따위와 함께 가지런히 꽂아두었다. 책장 옆에 나란히 선 나지막한 장식장에는 상패를 늘어놓았고, 그 위로 S대 인문대 학장으로서 이런저런 행사에 참가해 찍은 사진, 과학기술부 장관이나 대통령과 악수하며 찍은 사진을 액자에 고이 넣어 걸었다. 장식장 옆에는 매끈하게 잘 빠진 남성 토르소 둘을 나란히 두었다. 석고상이었다.

요즘은 조금 사그라졌지만, 우 교수는 항상 교내외 화제의 중심이었다. 그가 매사추세츠 미스카토닉 대학에서 역사학 박사 학위를 받고 S대 조교수로 임용된 것이 겨우 이 년 전이다. 그런데 한국 역사물리학 도입 및 발전에 기여했다는 이유로 한 해 만에 대뜸 인문대 학장 자리를 하사받자 학교 안팎에서 한바탕 큰 소란이 일어났다. 특히 교내 정치에서 인문대 학장은 별 힘도 없는 한직이나 일만 많아 서로 떠미는 쭉정이 같은 자리가 결코 아니었다. 아직 새파란 애송이가 그 알토란 같은 자리를 꿰차니 불만이 생기지 않으면 오히려 이상할 일이었다.

"…물론 어느 정도는 결정론적 우주를 전제하고 있지만 역사물리학은 확률에 기초한 공학에 가깝습니다. 세계가 어떻게 구성되는지는 차치하고, 계산해내는 데에 초점을 맞추고 있습니다. 그게 역사물리학의 진짜 매력이죠. 잘 모르는 사람들은 사회학, 인문학이라 하면 흔히 말장난을 떠올리잖아요? 역사물리학은 그렇게 느낄 법한 부분들은 과감히 포기해버렸죠. 어떤 전제를 가지고 있는지 묻는 대신, 어떤 공식으로 얼마나 정확한 결과를 예측할 수 있는지가 핵심입니다. 실용적으로 손에 잡히는 결과를 분명히 보여준다는 점. 그게 전통적인 역사학과는 다른 역사물리학만의 가치죠. 공학의 미덕을 가져왔다고 하면 되겠죠?"

"오기 전에 공부를 조금 하고 온 모양이네, 김 군? 그래도 그 정도는 웹에 다 나오잖아. 수업에서 들은 내용 중에 기억에 남는 건 없어?"

"으으… 이거 끝나면 본격적으로 인터뷰해주시는 거죠?"

거실 테이블 맞은편에 앉은 우 교수는 스스로가 만족스러워 어찌할 줄 모르는 듯한 웃음을 만면에 머금고 느긋하게 고개를 끄덕였다.

사실 처음 우 교수가 역사물리학 이야기를 하고 돌아다닐 때만 해도 이런 성공을 거둘 수 있으리라고는 아무도 예상하지 못했다. 아마 본인도 몰랐을 것이다. 역사학계에서는 우 교수의 이름이 농담거리로 입에 오르내렸다. 그가 역사학을 모욕한다며 내쫓으려 든 학회도 있었다. 주요 언론사는 우 교수를 희화하는 사설을 실었다. 처음 그가 S대 교수직을 받을 때에는 역사물리학이 아닌 미국역사비평을 전공으로 내세워야 했다. 그마저도 주변에서는 불편한 목소리를 냈고, 몇몇 매체는 또다시 교수 임용 불공정 의혹을 기사화했다.

역사학이라면 애당초 참신한 시도를 하기에는 한계가 분명하다. 사료를 꼼꼼히 찾고, 읽고, 파헤치는 것이 전부다. 신선한 주장을 할 때에도 연구방법론 자체는 이전과 크게 다를 수 없다. 그러니 학자들이 보수네 진보네 꼴통이네 종북이네 고루고루 퍼져 있어도, 방법론에서는 다들 보수일 수밖에 없는 것이다. 그런데 역사물리학은 통계를 돌려 미래를 예측하겠다고 한다. 더욱이 '역사물리학'이라는 이름에서 이미 사이비 학문 냄새가 진동을 하지 않는가? 기존 역사학자들은 당연히 이 신흥 학문은 물론 그 이단의 수괴인 우 교수를 비난하기를 망설이지 않았다.

그랬던 그가 S대 인문대 학장 자리에 앉았다. 소란이 없을 수 없었다.

"음, 역사물리학의 그런 특성은 학문의 시발점과 관계가 깊죠? 1980년대 기상학의 성취에 놀란 미스카토닉대학 역사학과의 각성 말입니다.

예로부터 신의 피조물 중 가장 예측하기 어려운

것이 날씨라고 했잖아요? 오래전부터 사람들은 표면적 현상으로 닥쳐올 날씨를 미리 알아내려 애를 많이 썼죠. 남풍이 불면 어떻고, 해지는 하늘이 붉으면 또 어떻고. 경험이 쌓이니 조금씩, 대강은 맞아 들어갔지만, 결국 불확실성은 남을 수밖에 없죠.

하지만 그것도 진짜 옛말이 되고 있습니다. 학자들은 계산해야 할 변수와 공식을 개발하고, 컴퓨터며 관측 기기, AI가 발전해 뒷받침해주고. 기상학이 발전하면서 몇 시, 어느 지역에 비가 얼마나 내릴지 예측할 수 있게 됐습니다. 물론 여전히 확률적 예측이지만요…. 말하자면 수학적이고 실용적인 계산 결과를 손에 쥘 수 있게 된 거죠. 이런 발전을 보고 일부 선각자들이 반성한 거죠. '아, 그 알기 어려운 날씨도 예측하는데 우리 사회의 흐름도 예상할 수 있지 않을까?' 하고.

교수님, 이거 계속 하나요?"

"에이, 김 군. 지금 한 이야기도 위키에 다 나오는 거 아냐? 내 수업이 그다지 감명 깊지 않았나?"

내가 사 온 원두커피를 홀짝이던 우 교수는 씩 웃으며 한마디 보탰다. 그 말 그대로였다. 다 위키에 나오는 내용이라는 지적도, 그리 감동적이지 않았던 모양이라는 농담도.

내가 수업을 게을리 들었던 건 아니다. 그저 지금 시점에서 역사물리학에는 내세울 만한 대단한 발견이나 업적이 아직 없다. 우 교수가 학장이나 되는 자리에 앉은 것도 위대한 학문적 위업 덕분이 아니다. 심지어 제대로 된 대학 정치로 그 자리를 거머쥔 것조차 아니다. 그저 정부가 갑작스럽게 역사물리학에 관심을 갖고 지원하기 시작했을 따름이고, 우 교수는 재수 좋게 그때 그 자리에 있었을 뿐이다.

집권 초기의 정책 실패를 관료주의 탓으로 돌린 정부는 학술적 논리를 근거로 정치력을 되찾으려 했다. 그 도구로 떠오른 것이 이름도 신선한 '역사물리학'이었다. 학계에서는 수상쩍은 부패의 상징이었지만, 다급하던 정부로선 시원한 생수였던 모양이다. 역사물리학은 역사를 (대중이 쉽게 이해하기 어렵지만 왠지 그럴듯한) 변수와 함수로 환원했다. 이걸 가지고 과거의 경로를 분석하면 미래까지 예측해낼 수 있다는 것인데, 정부로서는 자기 정책을 옹호하고 상대를 비난하기에 더없이 좋은 소재였을 것이다. 가령 '보세요, 이 정책을 도입하면 이런 결과가 나온다잖아요?' '보세요, 상황이 이렇게 된 건 이 사람들이 변수가 되었기 때문이라잖아요?' 등등.

글쎄, 정부가 역사물리학이라는 학문을 얼마나 이

해했는지는 미지수지만(사실상 이해하지 못했다는 것이 거의 확실하지만), 그 덕분에 갑자기 대한민국에 역사물리학 바람이 불었다. 우 교수는 어느새 국책 프로젝트를 수없이 물어 오는 교내 주요 인사로, 마침내는 학장까지 올라갔다. 로마는 하루아침에 건국할 수 없었을지 모르지만, 우 교수는 그렇게 겨우 일 년 만에 왕좌에 앉았다.

"오케이, 어쨌든 김 군이 역사물리학 전문가와 인터뷰할 기본은 갖췄다고 인정할게. 그래도 기왕 이야기한 김에 제일 재미있는 부분은 짚고 넘어가야지.

역사를 여러 변수와 함수로 재구성하는 게 생각보다 쉽지 않았거든. 기상학이야 어쨌든, 역사에는 '사람'이 껴 있단 말이야. 어지간한 다른 요인은 변수화할 수 있고 공식도 만들 수 있는데, 사람은 이게 참. 인간 집단행동이야 꽤 예측 가능한데, 개인은 그렇지가 않다는 거야. 다양성도 너무 크고. 그런데 역사를 보면 꼭 큰 흐름에 영향을 미치는 개인들이 존재해. 이런 개인들은 획일적으로 함수화할 수 없고, 계량할 방법도 없어. 너무 제각각이야.

역사물리학은 이런 난점을 해결하기 위해 두 가지 공학적 기술을 도입했다. 이게 가장 매력적이고 흥미로운 지점이란 말이야. 수업 내용이 이제 좀 기억나나?"

우 교수가 진짜 공학과 역사물리학이 떼어다 쓰는 공학을 얼마나 구분할 수 있는지 의아했지만, '아차, 그 중요한 부분을!' 하는 표정으로 고개를 열심히 끄덕였다. 어찌 됐든 그의 시간은 황금 같았고, 인터뷰를 잡기란 하늘의 별 따기였다.

정권 초부터 시작된 몇 차례 정치적 실험 뒤에, 정부는 역사물리학을 국가 전략 지적 자산으로까지 끌어올렸다. 국책연구소는 물론 여당 정치연구소와 국내 주요 국립대학과 사립대학도 발맞춰 역사물리학을 파기 시작했다. 바야흐로 역사물리학의 시대가 도래한 것이다. 이미 우 교수라는 '선구자'를 확보한 S대는 앞장서서 역사물리학을 띄우며 우 교수를 홍보했고, 흐름에 덩달아 우 교수도 전략자산 대우를 받게 되었다.

전략자산이라니, 말하자면 핵이나 항공모함이나 마찬가지라는 소리였다. 그 탓에 그를 만나는 일에만도 상당한 제약이 따랐다. 대체로 양식 있는 정부는 자국의 핵을 아무렇게나 공개하며 자랑하지 않는 법이다.

특히 그는 물리적인 위협을 받은 일도 있었다. 이

는 부분적으로는 우 교수가 학장이 되면서 격화한 시시비비가 끝내 피로 물든 교내 분쟁으로까지 이어졌던 까닭이다. 그 때문에, 그를 독대하기란 여간 어렵지 않았다. 분쟁이 모두 정리된 지금까지도 당국은 우 교수의 신변을 보호하려 했고, 그를 (아마도 핵심적으로는 타국의 스카우트로부터) 지키기 위해서는 우 교수 자신의 행동을 다소간 제약하는 일마저 불가피하다는 식이었다.

지난 주, 나는 교지 기획 기사를 명목으로 그에게 인터뷰를 신청했다. 서울대 시절에 교지 《관악》이 종간됐지만, 학교가 서울 내 다른 여러 대학을 집어삼키고 S대로 재편되며 《Web Magazine S》가 새롭게 탄생했다. 외면당하는 인쇄매체 대신, 웹과 인공지능 인프라, XR 및 온라인 커뮤니티를 기반으로 한 인터랙션 인터페이스를 구축하고 뉴스 콘텐츠를 제공했다. 실험에 필요한 1차 데이터를 효과적으로 모을 수 있는 방법을 고민하던 우 교수는 진작부터 이런 양방향 시스템에 관심을 드러냈다. 어쩌면 그 덕분에 이번 인터뷰가 성사된 것이다.

"자, 그 첫 번째 테크닉이 바로 개인의 표준화지. 개인의 다양성은 어마어마하지만, 아까 말했듯 집단은 의외로 그렇지가 않거든. 어느 정도 규모가 있는 집단은, 여러 변수별로 으레 정규분포가 나타나게 마련이니까.

이 분포를 바탕으로 표준화하는 세세한 방법은 그레험-도라 함수를 쓰느냐, 다이어 함수를 쓰느냐, 다른 응용함수를 고안하느냐에 따라 다르겠지만… 요는, 계산하고자 하는 역사적 궤적 안에 존재하는 모든 개인을 몇몇 집단으로 나누고, 집단에 포섭된 모든 개인은 그 집단의 표준형과 동일한 성격을 갖는다고 가정하는 거야. 각 집단별 표준형을 '표준인간'이라 부르고. 이런 방식으로 개인은 대부분 표준인간으로 환원해 변수화할 수 있고, 각 개인의 행동 역학도 집단 역학으로 치환하여 공식화할 수 있어. 개인의 다양성을 극복하게 되는 거지."

재미있고 흥미롭고 매력적인 이야기라면 따로 있다. 예를 들어 공연한 이야깃거리인 우 교수의 변태성애라면 어떨까? 사상자까지 발생했던 작년 학내 분쟁 동안 온갖 인신공격과 흑색선전이 난무했다. 분쟁 중심에 서 있었던 그 역시 비방의 화살을 피하지 못했다. 그중 특히 치사하고 비열하면서도 대중의 군침을 돋우었던 것이 바로 우 교수 소년성애자 설이었다.

사회 각층에 포진한 우 교수의 정적들은 미국 유

학 이전부터 그러한 의혹이 있었다고 주장했고, 심지어 여러 지인으로부터 공격적인 증언까지 확보했다. 하지만 증인들의 태도가 의심스러웠을 뿐 아니라, 증언이 서로 일치하지도 않아 결국 가십에 그쳤다. 더욱이 피비린내 나는 승리를 거머쥔 대학 본부가 정부와 손잡고 우 교수의 위신을 세우는 일에 팔을 걷어붙였다. 이렇게 그의 성적 지향을 둘러싼 모든 소문이 근거 없는 중상모략으로 공식 정리되었다.

그러나 S대 역사학과 학생들은 우 교수가 소아성애자 같은 범죄자는 아니더라도 아마 동성애자이긴 할 것이라고 확신하는 분위기다. 권력은 물론 내 학점까지 제 손에 쥔 교수의 사생활을 어느 누가 파헤치랴만, 공공연한 독신주의자에 매번 어리고 잘생긴 학생만 조교로 삼아왔다는 전적이 묘했던 모양이다. 물론 우 교수 자신은 이런 소문을 두고 가타부타 한마디도 입을 연 적이 없고, 결국 풍문만 유령처럼 학교를 떠돈다.

"하지만 표준화만으로는 개인의 영향력을 충분히 통제하지 못해. 대중은 표준화되겠지만 역사적 인물들은 여전히 예외로 남는단 말이야. 레닌, 마가렛 대처, 우리나라로 치면 박정희 같은. 개인의 고유한 특성으로 역사에 깊은 흔적을 남긴 사람들이 있잖아? 우리는 이들을 특이예외라고 부르지.

이 개인들은 그 개별성 때문에 공식화도 함수화도 할 수 없어. 물론 과거 주요 인물들을 유형별로 분류하거나 변수를 부여하는 건 가능하겠지만… 여러 시도 끝에 학계가 내린 결론은 '결코 충분히 가능하지 않다'는 거야. 더욱이 역사물리학의 목표는 예측이거든. 과거와 현재의 특이예외를 변수로 치환할 수 있다 한들, 미래의 특정 시점에 어떤 예외가 등장할지 내다보는 건 그야말로 점술의 영역이지.

게다가 이런 특이예외를 너무 고려하다 보면, 엄연히 보편과학을 추구하는 역사물리학과 각 사례에서 치환 불가능한 고유함을 전제하는 기존 역사학을 더 이상 구분할 수도 없을 거야.

여기서 역사물리학의 두 번째 공학적 기술이 등장하지. 계산 과정에서 특이예외를 아주 제거하는 것. 예외를 일일이 고려하는 대신, 수학적 조작을 통해 예외를 함수 계산에서 제외해버리는 거야. 물론 실제 역사에는 특이한 인물이 존재하지만, 역사물리학자가 하려는 일은 결국 '계산'이거든. 충분히 합리적인 방법을 사용하기만 하면, 예외를 배제하고 예측 능력을 되찾을 수 있는 거지."

인터뷰가 어느새 강의가 돼버렸지만, 별 수 없이 고개를 끄덕이며 노트에 끼적였다. 학생들이 별 관심도 안 가질 역사물리학개론 수업보다는 우 교수 자신의 이야기를 들어야 흥미로운 기사를 쓸 수 있을 텐데. 말도 많고 탈도 많았던 승진, 뒤이어 일어난 S대 학내 분쟁 이야기 등등.

교내 분쟁이 극단적 사태로까지 치달았던 건 대학과 경찰 당국의 이해가 일치했던 까닭일지도 모른다. 육 년 전, 수도권 일대에서 발생한 연쇄살인으로 전국은 물론 해외까지 떠들썩했다. 피해자들은 모두 이십 대 초반 남성들. 시신은 모두 목과 팔다리가 잘려 나가 사라진 채 몸뚱이만 발견되었다.

이 잔인한 뉴스는 만인의 관심사로 떠올랐지만 경찰은 세 번째 시신을 발견할 때까지도 용의자조차 특정하지 못했다. 대중의 지탄을 받자 경찰은 단호하고 신속한 수사를 감행했고, 미디어는 경찰이 서너 명의 주요 참고인이며 유력 용의자를 심문하고 범인상을 좁혀 나가는 과정을 마치 워 게임처럼 편집해 방송했다. 심지어 범인을 체포하는 순간을 찍은 바디캠 영상도 내보냈다. 그러한 노력 덕분에 경찰은 잃어버린 신뢰를 상당 부분 되찾을 수 있었다.

언론은 체포된 범인에게 조현병 병력이 있다고 보

도했다. 자백 내용도 경찰의 수사 결과와 크게 다르지 않았다. 사형선고를 받은 연쇄살인범은 두 달 뒤 감방에서 죽은 채 발견됐다. 감방 동료는 아침에 일어나 보니 그가 피를 토한 채 숨이 멎어 있었다고 증언했다. 교도소 측은 지병에 급성 폐렴이 겹쳐 합병증이 일어났다고 했다.

그런데 재작년, 육 년 전과 똑 닮은 살인 사건이 발생했다. 곧바로 경찰청장이 직접 기자들 앞에 나서 모방범죄라고 단언하며 철저하고 신속한 수사를 약속했다. 하지만 웹을 중심으로 육 년 전 수사에 대한 의문이 제기되었다. 당시 미디어가 보여준 게임 같은 영상이나 바디캠을 제외하면, 대중에게 공개된 수사 내용은 꽤 단편적이었다. 가장 중요한 근거였던 피의자 증언도 정신병력을 고려하면 덮어놓고 믿기엔 애매했다. 결국 오래전에 잡히지 않은 진범이 다시 범행을 시작했다는 두려움이 전국으로 퍼져갔다.

경찰은 발 빠르게 수사를 진행해 용의자를 지목하고 체포 직전까지 몰아넣었다. 하지만 용의자가 자택에서 뛰어내려 자살하는 바람에 수사는 흐지부지 종료됐고, 비난 여론이 걷잡을 수 없이 거세게 일어났다.

그런 와중에 마침 S대 분쟁이 발생했다. 오래전부터 갈등이 있었기에, 처음에는 흔한 충돌처럼 보였다. 그런데 캠퍼스 개축 과정에서 불협화음이 점점 거칠어졌다. 특히 대학 본부는 개축과 함께 예산이나 미래성 등을 들어 임의로 여러 학과를 통폐합하려 나섰다. 유불리가 얽힌 각 학과며 대학 본부 사이에는 날선 언쟁이 일어나고 고조된 비판이 오갔다.

결정적으로 대학 본부는 인문대를 축소하고 우 교수를 학장 자리에 앉혔다. 총장은 심지어 세 사학과, 즉 국사학과, 동양사학과, 서양사학과를 통폐합하려 했다. 세 학과를 합쳐 일반역사학과를 만들고, 새롭게 강화한 역사물리학과를 개설한다는 계획이었다. 결국 3대 사학과와 인문대를 중심으로 시위, 농성, 수업 거부가 불길처럼 번져 갔다. 난데없이 S대는 1980년대, 1990년대 캠퍼스처럼 소란스러워졌고, 다들 긴장을 놓지 못했다.

상당수 학생 대표들이며 교수들은 지나친 폭력이 벌어지지 않도록 애썼다. 또 몇몇 영향력 있는 졸업생들이 합류하자 사태가 해결될 실마리가 점차 보이는 듯했다. 하지만 그 모든 노력이 한순간에 물거품이 됐다.

총장 측이 용역을 고용해 학생들을 구타했다는 소

문이 돌았다. 총장파와 반총장파 양쪽 모두 흥분 상태에 빠져들자 광장이며 인문관, 공학관은 흡사 시가전을 방불케 했다. 양쪽에서 부상당하는 학생이며 교수가 여럿 나왔다.

결정적 사건은 컴퓨터공학과 대표의 사망이었다. 반총장파에게 어용이라 비난받던 그는 혼란 중에 계단에서 심하게 굴러 떨어졌고, 결국 병원에서 숨을 거두었다. 그 즉시 경찰이 개입했다. 분쟁은 강제적으로 진압되었고, 희생자가 된 총장파는 분쟁과 폭력 사태의 책임을 반총장파에게 뒤집어씌웠다.

S대 항쟁은 경찰과 대학 본부 모두에게 유익했다. 여론의 관심이 교내 분쟁에 쏠리자 경찰은 미친 살인마 문제에서 놓여나 한시름 덜 수 있었다. 게다가 미디어는 갑작스러운 분쟁 격화보다는 격발 후 경찰의 신속한 개입과 철저한 대처를 더 강조했다. 덕분에 더 큰 피해가 발생하기 전에 상황을 통제했다는 것이 중론이 되었다. 경찰은 비난도 면하고 잃은 신망도 추스를 수 있었다.

대학 본부는 이참에 눈엣가시 같았던 교수며 학생들을 정리할 수 있었다. S대는 내규를 개정해가며 적극적으로 내부 단속을 벌이더니 '역사학과 큰 어른'

유 교수와 인문대학 주요 인사들을 징계하거나, 아주 내쫓아버렸다.

사태가 정리된 후, 용역이 학생을 구타했다는 소문은 거짓이라는 사실이 밝혀졌다. 하지만 정작 그런 이야기가 돈 까닭은 추적할 수 없었다. 어떤 이들은 반총장파 학생 사이를 돌며 총장이 용역을 고용했단 말을 옮기던 젊은이들을 기억해냈지만, 사건 이후로 그들을 다시 본 사람은 전혀 없었다.

"구체적으로는, 역시 공학에서 가져온 힌트인데, 바로 '허수'를 사용하는 거야. 함수에 허수를 사용하는 게 특별하다는 이야기가 아니야. 허수의 개념을 사용한다는 거지. 허수, 즉 -1의 제곱근이란 건 실존하지 않는 수잖아? 하지만 공학 전반에 걸쳐 여러 공식에서 활용되지. 실제로 그 수가 존재하지 않아도 계산을 위한 도구, 매개로 쓸 수 있다는 점, 도구적 허구를 사용한다는 점. 역사물리학은 바로 여기에 착안했지. 이 허구를 통해 특이예외를 제거하는 거야.

물론 막무가내로 특이예외를 제거할 수는 없어. 이게 빠지면서 생기는 빈자리에 다른 뭔가를 채워 넣어야 하거든. 그래서 제거된 특이예외 대신 허수, 허구적 특이점, 하지만 모델화를 통해 이미 계산된,

그래서 함수에 대입할 수 있는 정형화된 특이점을 삽입하는 거야. 바꿔치는 거지. 그리고 식의 최종 결과값에서는 허구적 특이점을 다시 제거하고. 물론 그 과정에서야 여러 기술이나 실험적 조작이 조금 필요하지만….

이런 테크닉의 유용성은 제1차 세계대전 이후 역사를 대상으로 진행한 역사실험 시뮬레이션, 최근 완료된 몇 차례의 대규모 프로젝트 등으로 충분히 증명되었어. 대표적인 사례가 '바이마르 실험'이고. 미스카토닉대학 역사실험 연구팀은 독일 바이마르 공화국 초기 상황을 세세히 변수화하고 미리 설계한 모델에 입력했어. 연구팀은 전체주의 정권 출현, 소수민족 탄압은 물론, 제2차 세계대전 발발까지 예측해냈지. 뒤이은 응용 확장실험에서는 주변국의 변수도 함께 입력해서 런던 대공습 날짜까지 대략적으로 내다보았다니까? 과거 역사를 되짚는 실험이니 '내다보았다'라고 하면 좀 이상하지만….

물론 이런 허구 도입이 왜, 어떻게 가능한지는 아직 제대로 설명할 수 없어. 하지만 역사물리학은 결과, 즉 예측 가능성과 적중을 중요하게 여기는 학문이잖아. 그러니 '왜 가능한지'는 굳이 묻지 않는다는 암묵적 합의가 존재하지. 물론 그걸 연구하는 학자들은 꽤 있지만, 누가 설득력 있는 설명을 제시하든 말든, 역사물리학 발전에 크게 중요하진 않을 거야."

강의가 너무 길어졌다. 별수 없이 끼어들어야 했다.

"그렇죠. 다 기억하고 있습니다. 개론 수업 들었던 게 바로 지지난 학기인걸요.

이렇게 특정 허구를 대입했다 제거할 수 있도록 설계된 계산 모델을 허구 모델이라고 부르잖아요. 여러 시행착오 끝에, 지금은 코나 모델, 그러니까 응용수학자이자 물리학자였던 존 코나가 개발한 모델을 주로 사용하죠. 교수님께서 '절묘하고 세심하게 정규화한 계산법'이라고 소개하셨던. 물론 모델 자체를 개선하려는 시도도 꾸준히 이루어지고 있고요.

그런데 이 정교한 모델이 상정하는 허구가 바로 외계인의 개입이잖아요? 그러다 보니 항간에서는 외계인 모델이라 부르기도 하고, 잘 모르는 사람들은 역사물리학자들을 UFO 신봉자라 조롱하기도 하고. 하지만 모델은 바로 허구를 상정한 거죠. UFO며 외계인이며 확실한 허구라 생각하기에 가져다 쓴 것이라고 수업 내내 강조하셨던 걸 어떻게 잊겠어요?"

"오오. 그것만 기억하고 있으면 제대로 알고 있는

거야. 온통 수치며 숫자라, 진짜 역사물리학을 공부하려면 수학부터 해야 하거든. 하지만 교양, 개론 수준으로 알자면 그것만 기억하면 돼."

"그러니까 이제 강의는 이쯤 정리하고 진짜 인터뷰를 좀 하면 좋겠는데요, 교수님. S대생 정도면 어중이떠중이 외계인 운운하는 우스갯소리에 혹할 사람은 없는 거 아시잖아요. 학문도 학문이지만, 저희 기획 기사는 교수님 이야기를 좀 다루고 싶거든요. 자랑스러운 스승을 소개하는 의미랄까요."

우 교수의 얼굴에 언뜻 자랑스러운 미소가 스쳤다. 사전에 확인했던 것처럼, 허영이 유난히 많은 사람이다. 학자로서 자기 공부보다 자신을 알아주는 게 더 좋다는 것만큼 꼴불견이 또 어디 있겠냐만, 사람이란 으레 그런 법이다. 겉으로는 다들 팔다리, 눈코입 제자리에 잘 있는 듯해도 속으로는 뒤죽박죽, 산산조각 나 있는 거니까.

뒤죽박죽, 산산조각이라. 이 표현은 언제나 형을 떠올리게 한다.

육 년 전, 형은 연쇄살인의 세 번째 희생자가 돼 산산조각이 났다. 이후 경찰이 어찌어찌 오른쪽 팔까지는 찾아냈지만, 내 머릿속에는 몸뚱이만 남은 형이 덩그러니 놓여 있다. 얼굴, 목소리, 걸음걸이, 사소한 습관 하나하나는 이제 아슬아슬하게 떠올리기도 힘들다. 그저 몸뚱어리뿐이다.

의심스러운 경찰의 수사 종결 이후, 난 개인적으로 탐구를 이어갔다. 미친 짓이었고, 쉽지도 않았다. 하지만 **좋은 친구**가 있다면 불가능한 일도 때때로 할 수 있는 법. 우리는 공개되지 않았던 사건 정보를 수집했고, 경찰이 미처 알아채지 못한 사건까지 발굴했다. 이렇게 손에 쥔 살인 사건 총 6건으로 범인을 프로파일링하고 동선도 알아냈다. 남성, 유복하고 엄격하고 결벽증적인 집안, (당연히) 변태성욕자, 대학생이거나 대학원생, 독신.

하지만 범인을 특정하기는 힘들었다. 용의선상에 드는 사람이 너무 많았다. 시간도 꽤 지났고, 수사를 마무리하며 경찰이 갈무리해버린 자료에는 접근조차 할 수 없었다. 새로운 피해자가 나타나지 않으면 범인을 구체화하기 힘든 상황. 그렇다고 누군가 살해당하기를 바랄 수도 없는 노릇이었다.

그런데 재작년, 다시 똑같은 살인사건이 일어났다. 동일범이라면 왜 지난 몇 년은 잠잠했던 것일까? 쾌락 살인마라면 그토록 오랫동안 욕구를 억제할 수 있었을 리 없다. 그렇다면 처음부터 변태성욕자의

쾌락 살인이 아니었거나 경찰의 발표처럼 모방범죄거나, 아니면… 혹시 범인이 그동안 해외에서 지내다 귀국했을지도.

바빠진 우리는 일 년 반을 여기저기 쑤시고 다녔다. 국내에서는 경찰이 발견하지 못했던 실종 사건을 하나 더 발굴했다. 해외에서는 미국 매사추세츠에서 일어난 실종 사건 세 건을 찾아냈다. 사라진 사람은 모두 젊은 남성. 그중 한 사람은 팔다리와 머리가 없는 몸뚱이만 발견됐다. 다른 실종자는 머리만 찾았다. 나머지 피해자의 팔은 엉뚱하게도 뉴욕에서 나왔다. FBI는 세 실종 사건에 연관성이 없다고 여겼던 모양이다.

"음, 학생들에게서 받은 질문에는 교수님 연애사도 있는데, 이런 건 좀 그렇죠?

유학생 시절 이야기는 어떨까요? 매사추세츠 미스카토닉대학에서 박사를 따셨잖아요. 이전부터 취미로 석고 공예를 하셨다고 들었어요. 유학 중에도 토르소를 꾸준히 제작하셨나요?"

우 교수는 뭘 그런 것까지 조사했느냐는 표정이다.

단서 추적에는 조금 운도 따랐다. **좋은 친구**도, 도움을 준 다른 이들도 실력이 좋았다. 매사추세츠 사건에서 발견된 피해자의 몸뚱이에는 칼리비누, 즉 석고 틀을 뜰 때 쓰는 이형제가 묻어 있었다. 희생자의 몸뚱이로 석고 틀을 떴을지도 모른다는 이야기다. 국내 사건들의 최종 보고서에는 없는 사항이었기에, 처음에는 별개의 사건을 잘못 짚었구나 여겼다.

하지만 애당초 경찰은 증거를 묻고 사실을 숨겼다. 만약 국내에서 발견된 시신들에도 이형제나 석고 공예와 연관된 다른 증거들이 있었다면? 여기까지 생각이 미쳤으면 이제 파헤칠 뿐이다. 결국 우리나라의 희생자들도 석고 모델이 됐으리라는 사실을 알아내기란 그렇게 어렵지 않았다. 우린 경찰이 미처 찾지 못한 사건도 확보하고 있었으니까.

거실을 장식한 토르소 두 점이 눈에 들어왔다.

"저 석고상은 직접 만드신 거죠? 오, 진짜 대단한데요? 거의 전문가 수준이에요. 교수님 오리지널이면 모델이 따로 있는 건가요? 아는 사람이라든가?"

"김 군, 질문이 미묘한데? 내가 저 토르소를 만들었는지가 궁금한 거야, 토르소 모델이 누군지가 궁금한 거야? 아까 슬쩍 던진 그 연애사하고 상관있는 질문 아냐?"

"에이, 설마요. 그냥 교수님의 인간적인 모습을 입체적으로 부각해보려는 거죠. 어쨌든 직접 만드신 거 맞죠?"

매사추세츠주 경찰은 살인자를 찾아 여러 흔적을 쫓았지만 범인을 특정하지 못했고 사건은 미결로 남았다. 만약 다른 범죄 두 건이 동일범의 소행이라는 사실을 알았다면 죄인을 찾아냈을지 모른다.

다행히 우리에겐 더 많은 사건과 단서, 가설이 있었다. 프로파일링, 육 년 전 벌어진 사건들이 보여준 범인의 동선, 해외 사건들에서 추측할 수 있는 범인의 동선, 국내에서 해외, 다시 국내로 살인의 무대가 옮겨 간 시기. 의심스러운 인물의 과거 행적을 하나하나 추적했다. 우 교수가 토르소를 갖고 있었다는 증언은 어렵지 않게 확보할 수 있었다. 미스카토닉 대학 근처 임대창고에서 발견한 토르소 세 점의 모양은 희생자들의 신체와 정확히 일치했다. 그런 물건을 그대로 방치한 건, 아무래도 우 교수답지 않게 부주의했다. 몰염치했다.

"음. 말하자면 추억 같은 거야. 모델이 애인이었다거나 그런 건 절대 아닌데, 그냥 그걸 만들 때에 경험했던 것들이 있거든. 그 이전에는 절대 몰랐던 희열이랄까? 그래서 특별히 모셔둔 거고."

"오오오. 학자뿐 아니라 예술가의 혼까지 갖고 계시다 해도 지나치지 않네요! 강의도 좋지만 제가 들고 싶은 건 그런 이야기란 말이죠. 예술 작품을 만들면서 경험한 것? 희열? 그런 것들을 조금만 더 이야기해주실 수 있나요?"

"그렇게까지 이야기하니 민망하구만. 대단할 거야 뭐가 있겠나. 그냥 무언가를 완성된 모습으로 다듬어갈 때만큼은 내게서 특별한 힘을 느낀다고나 할까? 이게, 작품 하나를 만들려면 모델을 잘 알아야 하지만, 나 자신도 깊이 느껴야 하거든. 그 순간 대상의 불완전한 상태에 내 힘이 더해지고, 그러면서 더 간결하고, 깔끔하고, 정돈된 완전함을 갖게 되는 거지."

예술가라는 호칭이 썩 마음에 들었는지, 우 교수는 또 말이 많아졌다. 점잔을 빼는 모양으로 테이블 위에 두었던 커피를 천천히 들이마신다. 한껏 향을 음미하는 듯한 모양새가 은근히 그럴싸하다. 문득 이상하다는 표정.

"그런데 김 군은 내가 석고상을 만든다는 이야기는 어디서 들었어? S대 와서 다른 사람한테 이야기한 적은 없는 거 같은데."

"거실에 토르소를 장식해둔 사람이 몇이나 있겠어요? 교수님 댁에 왔던 친구들은 다들 이야기하던데요. 하도 궁금해서 미스카토닉대학 쪽에도 알아보니, 교수님하고 같은 연구실에 계시던 분들도 토르소 이야기를 하시고.”

더 이상하다는 표정.

“그걸 물어보려고 미국에까지 연락했다고?”

“그뿐이겠어요? 심지어 미국에 계실 때 직접 만드신 석고상들이 있는 임대창고도 찾았다니까요? 교수님 명의가 아니라서 시간은 조금 걸렸지만. 세 점 다 깨끗하게 잘 나왔던데요?”

우 교수는 뭔가 단단히 잘못됐다는 걸 알고 벌떡 일어나려 하지만 그 자리에서 와르르 무너진다.

“어엇, 조심하세요! 커피에 약을 타놓았거든요. 슬슬 약 기운이 돌 거예요. 특별히 몸이 상하는 약은 아니에요. 의식도 그대로 둔 채 그냥 몸만 못 움직이게 하는 거라.”

“야, 이, 이 새끼가.”

우 교수는 혀가 굳기 시작해 발음도 샌다. 그래도 끙끙대는 소리가 나서 좋을 건 없으니 구태여 입을 틀어막는다. 가방에서 장비를 꺼낸다. 이제 팔다리를 잘라내고 마지막으로 목도 베어야 할 것이다. 주의 깊게 지혈하지 않으면 목을 자르기 전에 죽겠지.

저녁 비행기 시간에 맞출 수 있을까? 시신이 너무 일찍 발견되진 않을까? 물론 토요일 오후는 인터뷰 일정으로 비워뒀겠지만, 어쨌든 우 교수는 바쁜 사람이다. 이 편안한 주말 오후에 누가 연락을 할지 알 게 뭐람. 그렇게 생각하면 그 인생도 그다지 유쾌하진 않다. 그래도 이제부터 바쁠 일은 없을 거야.

우리도 토르소를 만들어야 할까 고민했다. 하지만 난 우 교수 같은 변태는 아니다. 석고 틀은 시간도 많이 걸리고. 빠르고 정확하게 정리하고 비행기 편에 늦지 않는 걸 더 신경 써야겠지.

힘이 다 빠진 우 교수는 눈만 간신히 껌뻑이며 눈물을 흘린다. 나는 어깨를 으쓱하고는 다시금 비행기 시간을 생각하며, 토르소를 생각하며, 커피를 생각하며, 경찰과 S대 분쟁과 핏기가 가신 한쪽 팔과 이제는 점점 기억하기 힘든 형의 목소리를 생각하며, 준비해 간 쇠톱과 비닐 돗자리를 다시 한 번 꼼꼼히 점검한다. 작업하다가 장비가 망가지면 몹시 번거로울 것이다. 깔끔하고 정확하게 진행하고 싶다. 팔다리가 잘려 나간 그의 몸뚱이는 그다지 실용적이지도, 그가 만든 토르소처럼 아름답지도 않겠지만, 나는 예술가가 아니고, 학자나 변태는 더더욱 아니다. 내가 할 일은 그저 팔다리를 잘라내고 머리를 자르는 것뿐이다. 감사하게도 장비에는 아무 이상이 없다.

이제 작업을 시작하자. 실용적이고 정확하게. 그러고 나면 나는 비행기를 타러 출발할 것이고, 우 교수는 산산조각 난 채 거실 바닥에 누워 있을 것이다. 여행을 떠날 생각을 하니 기분이 좋아진다. 비행기, 토르소, 커피, 잘 갖추어진 장비, 잘린 채 굴러다니는 오른쪽 다리, 그리고… 약에 취한 채 고통에 잠긴 신음.

신음. 아, 처음 느껴보는 희열이란 건 이렇게 달콤하구나.

대학원생 시절 이야기입니다. 어느 날 학과 교수 한 분이 제게 '역사물리학' 관련 내용을 있는 대로 찾아 오라 지시했습니다. 학문 분과 이름이 워낙 생소한 데다 잔심부름이 반갑지도 않아 몇 차례를 되물었습니다. 역사물리학이라는 말씀이죠, 하고. 잘 들어놓고 뭘 자꾸 확인하느냐는 퉁명스러운 면박이 돌아왔습니다.

되돌아보면 감사한 일입니다. 뜬금없는 심부름이 아니었으면 영영 몰랐을 학문이니까요. 늘 그렇듯, 예기치 않은 사건으로 하나씩 배우나 봅니다. 그 뒤로 종종 되새

기고 찾아보며 조금씩 역사물리학을 공부했습니다. 물론 역사물리학이라는 학문을 습득했다는 뜻은 아닙니다. 어려운 함수에, 다 헤아리지도 못할 변수들에, 감당할 수 없는 전제까지. 학문의 열매는 모두가 함께 누리지만, 열매를 가꾸는 건 역시 아무나 할 수 없습니다. 어떤 학문엔 맞는 사람이 따로 있는 법입니다. 아니면 맞는 AI라든가요.

어쨌든 제가 공부한 건 역사물리학의 기원이나 발전, 그러니까 교양을 위한 개론 정도였습니다. 그나마도 첫 2, 3주면 덮고 지나갈 기초. 어쩌겠습니까. 제 전공은 역사학도 물리학도 아닙니다. 그것도 학위를 겨우 따고선 아, 공부는 정말 쉽지 않구나, 했습니다. 그러니 다른 학문을 함부로 기웃거릴 여유가 없었을 따름입니다. 심지어 사이비 학문은 더더욱 말입니다.

다시금 떠올려보면 무엇 하나라도 배운 건 대부분 스승이 있던 덕분입니다. 어떤 이는 세세한 가르침을, 어떤 이는 그저 계기를, 혹은 타산지석을 내어주지만 결국 모두 배움입니다. 감사히 익히고 성장할 따름입니다.

그래서 뉘우칠 일이 참 많습니다. 그 많은 스승을 두고도 귀한 줄 모르고 배우길 싫어했습니다. 하나를 두고 열을 아는 천재는커녕 하나 깨우치기 급급한 범재에도 거

우 이르는 주제에 교만했습니다. 한동안은 롤모델이나 진짜 어른이 없다고 한탄하면서 배울 줄 모르는 자신을 위해 핑계 삼았습니다. 하지만 무협지에나 등장할 '기연'이 현실에 부재한 건 당연. 그저 앞에 선 이에게서 내 다음 발걸음의 단초를 발견할 수 있다면 기꺼운 마음으로 겸손해야 했습니다.

지나간 연은 되돌릴 수 없고, 제 버릇 줄 개마저 없으니 다가올 기회를 만날 때도 쉽지 않습니다. 역시 세 살 때에 버릇을 잘 들여놔야 합니다. 배우기엔 머리가 너무 굵고, 가르치기엔 보여줄 것 하나 없는 처지입니다. 하지만 이제라도 태도를 바꾸려 부단히 애씁니다. 가르침을 소중하게, 배움을 착실하게. 내 안에 잘 쌓이지 않아 자꾸 손가락 사이로 빠져나간다고 하더라도.

스승들께도 더욱 보답해 나가야겠습니다. 세상 모든 스승이 자기 가르침에 걸맞은 보답을 받으면 참 좋겠습니다. 마침 제가 들려드린 S대 역사물리학과 이야기에서처럼 말입니다. 그런 의미에서 이 이야기도 처음 역사물리학이라는 단어를 냅다 던져주신 교수님께 헌정해야 하는 건 아닐까 싶지만… 그것만큼은 역시 그만둬야겠네요. 교수님이 좋아하실 이야기는 아닌 것 같거든요.

너무 일찍 터트린 샴페인의
위험성에 대하여

— 지난 토요일 새벽, 서울 노원구 외곽의 한 주택가에서 폭발이 발생했다는 신고를 받고 경찰과 소방대가 출동했습니다. 소방대는 해당 아파트의 부엌과 거실 옆방에서 각각 부상자 한 명씩 총 두 명을 구조했습니다. 폭발이 발생한 것으로 추정되는 거실에서는 사망자 다섯 명이 발견되어, 경찰이 신분을 확인 중이라고 합니다.

구조한 두 사람 중 한 사람은 국내 반사회단체 ASR 소속으로 밝혀졌습니다. 다른 한 사람은 S대

학생으로, 교내에서 마약류를 유통해온 혐의가 있습니다. 두 사람의 전적 등으로 미루어, 경찰은 이번 폭발이 단순 사고가 아니라고 보고 수사를 확대하고 있습니다. 또한 경찰은 이번 폭발이 국내에서는 아직 보고된 적 없는 신종 폭발물에 의한 것임을 이미 확인했다고 밝혔습니다. 특별수사팀은 이미 ASR 조직원을 수배하는 한편, S대 마약 조직의 주요 구성원을 체포 및 소환하였습니다.

한편 같은 날 오전, S대 5세대인공지능연구소에서 열린 행사에 참여한 방문객 중 일부가 환각 증세를 호소하여 가까운 병원에서 치료를 받았습니다. 경찰은 이들에게서 LSD가 검출되었으며, 해당 행사장을 조사한 결과 샴페인에 마약이 다량 함유되어 있었다고 발표했습니다. 새벽에 일어난 폭발 사건과 함께 연결하여, 수사팀은 S대 마약 조직이 얽힌 테러 활동일 가능성이 있다고 보고 조사 중입니다. 경찰청장은 이번 기회에 대학 내 마약류 매매를 완전히 뿌리 뽑겠다고 선언했습니다.

저는 다큐멘터리 작가로서 주요 참고인 또는 '예비 피의자'와 대면 인터뷰를 할 수 있었습니다. 물론 수사에 방해가 되지 않도록 대화 내용은 제한되고, 실명을 쓸 수 없으며, 인터뷰 내용 또한 수사가 모두 종료된 이후에나 공개할 수 있다는 조건이 붙었습니다. 하지만 무척 얻기 어려운, 특별한 기회를 포기할 이유는 없었습니다.

인터뷰 대상은 총 세 명입니다. 첫 번째는 폭발 현장에서 구조된 ASR 조직원, 두 번째는 같은 현장에 있던 S대 학생입니다. 마지막 세 번째는 폭발 사고 이후 경찰이 조사를 위해 연행해 온 인물로, S대 마약 조직원입니다.

다음은 각 인터뷰 내용입니다. 두서없는 내용을 읽기 좋게 정리하고, 실명을 지우는 등 다소 편집해야 했음을 참고해주시길 부탁드립니다.

1

잔학한 폭탄 테러가 어쩌고 저째? 흥, 개돼지 새끼들! 골 빈 등신들! 돈 있고 힘 있는 놈이 깃발 하나 꽂아놓으면 무슨 은혜라도 하나 입을까 싶어서 우르르 몰려가 머리를 조아리는 짐승들! 세상이 망가진 걸 다 알면서도, 고치려는 건 계란으로 바위 치기라며 그저 땅에 떨어진 부스러기나 훑어 줍느라 바쁜 쓰레기들! 당장 배 조금 더 불려보겠다고 발밑을 허물고 갉아먹는 등신들! 사과를 파먹다 결국 썩게 만드는 벌레 같은 인간들!

…휴, 아무래도 좋습니다. 어차피 이번 일로 행동단은 궤멸입니다. 괜히 성질부리며 힘 빼봐야 남는 건 헛웃음뿐이지. 결국 어느 시대에나 우리처럼 깨어서 움직이는 사람은 고생하고 희생하는 겁니다, 이렇게. 피땀 흘려 세상을 아주 조금이나마 더 좋게 만들어놓으면 그걸 누리는 사람은 누구냐고. 온 세상 썩어 들어가는 꼴을 방조하면서 부패에 한 움큼씩을 더 보태던 그 비겁자들 아니냔 말이야. 그런 걸 생각하면, 이젠 이 짓도 진짜 그만둘 때가 됐다 싶습니다. 행동단과 함께 한국의 미래도 희망도 죽은 거라고요.

제가 그저 회사에서 잘렸다는 값싼 분노에 욱해서 ASR에 뛰어들었다는 겁니까? 절 그렇게 보는 거야 유감이지만, 애초에 요즘 세상에 실업자가 저 하나는 아니지 않습니까? 겨우 발끈해서 행동단이 떠맡아온 사명을 감당할 수 있으면, 진작 세상이 뒤집어졌겠죠.

벌써 확인하신 모양이지만, 이전에 다니던 직장은 제법 멀쩡했습니다. 왜 B2B 중심으로 아프리카, 중동 쪽하고 주로 거래하는 무역상사인데 우리나라에 선 아직까지도 그 분야로 꽤나 알아줍니다. 거기 인 사팀에서 제법 오래 일하면서 조만간 과장 달아보겠 거니 했습니다.

그런데 빌어먹을, AI 붐이 일어났잖아요? 어느 분 야에서든 AI 비중이 계속 늘어나는 추세였으니 누구 나 매일 밤 침대에 누우며 내일 일을 걱정했을 겁니 다. 특히 하는 일이 HR이었으니 듣는 말도 많았습니 다. 제대로 된 AI 하나면 사무직 백 명 몫을 너끈히 하는데 누가 백 명 임금을 계속 주냐고. 백 명은 너무 적게 잡았다는 말도 있었고, 혹은 오히려 과장이라 고도 했지만 다들 내심 알고 있었습니다. 잘리는 건 시간문제일 뿐이구나, 조만간이겠구나. 그래도 내심 믿는 구석은 있었습니다. 그래도 내가 인사팀 에이 스인데, 최소한 일이 언제 터질지는 미리 알겠지, 라 는 지극히 이기적이고 개별주의적이고 분파적인 마 음을 품고 있던 겁니다.

그런데 삼성이 기존 기업용 업무 지원 AI CORA 를 대폭 업그레이드하면서 상황이 급물살을 탔습니 다. 강화 AI 출시에 맞춰 삼성 계열사들이 AI를 업무 에 전격 도입했고, 사업 파트너들, 다시 말해 하청이 며 하청의 하청들도 AI 비중을 늘리지 않을 수 없게 됐습니다. 빌어먹을 업무 표준이 되어버린 거죠. 그도 그럴 게, 일해보면 알지만, AI가 사람한테 맞춰가며 일할 때랑 AI끼리 진행할 때는 생산성에서 차원이 다르단 말입니다. 인간 근로자가 졸지에 인공지능 발목이나 잡는 꼴이 된 셈입니다.

그 뒤론 일사천리, 겨울바람에 마른 잎 떨어지듯 우수수 잘려 나갔습니다. 저도 자의 반 타의 반으로 푼돈이나 받아 쥐고 회사를 나오고, 처음에는 그래도 곧 다른 번듯한 자릴 찾겠다고 땀 좀 흘렸습니다. 근데 그렇게 구직시장에 내쳐진 사람이 저 하나가 아니다 보니 자연스레 자리는 적고, 사람은 많았습니다. 아니, 인구가 감소한다고, 일할 사람이 없다고 그렇게 우는 소리를 하는데, 막상 저는 일할 자리가 없는 겁니다. 돌고 돌다 구인난에 허덕인다고 사방에 소문난 업계에 혹 누울 자리 있을까 싶어 봤더니 거긴 AI 운용비보다 인건비를 헐하게 치는, 그러니까 사람 값이 말도 못하게 싼 곳들이었고.

그때야 눈을 떴습니다. 기술이, 기술 발전과 함께 등장한 AI가 우리 삶을 망가뜨린다면, 그걸 어떻게 진보라고 부르겠습니까? 아리스토텔레스 말마따나, 사람을 풍요롭게 하는 좋은 기술이 있고 그렇지 않은 기술이 있는 겁니다. 그렇지 않은 기술은 누군가

책임지고 치워야 하고 말입니다.

이후로 이곳저곳에서 반기술운동에 애썼지만, 이 운동이 자리 잡기에 대한민국은 만만찮은 땅이었습니다. 애초에 기술이네 발전이네 하는 공론을 어지간히도 좋아하는 국민이니까 말입니다. 4.5세대 AI가 대두할 때만 해도 꽤 많은 조직이 들고일어났지만, 아무데서나 그 기술을 쓰기 시작하고 사람들이 자각 없이 AI에 의존하게 되면서 지지 기반을 잃은 반기술열사들은 하나둘 흩어졌습니다. 맥이 탁 풀리는 이야기 아닙니까?

다행히 사회재생행동단을 만나게 됐습니다. 늘 돌파구를 찾고 있던 저에게는 새 예루살렘이었죠. 단장을 처음 만났을 때를 잊을 수가 없습니다. 그땐 행동단으로 모이기 전인데, 5세대 AI 연구개발을 하는 대전 무슨 연구소를 점거하고 시위를 벌이는 와중이었습니다. 단장은 연구원 하나를 잡아다 놓고는 매섭게 꾸짖으면서 벌을 주고 있었습니다.

"너희야 똥을 아침에 쌀지 저녁에 쌀지, 화장실에서 쌀지 대로변에서 쌀지 하나하나 AI 따위에 물어보게 만들고 싶겠지! 하지만 난 내가 원할 때, 내 화장실에서 일을 보고 싶단 말이야! 그게 인간이 지켜야 할 최소한의 존엄이라고!"

발에 걷어차이던 연구원은 울먹거리며 변명조로 웅얼거렸습니다.

"아니, 왜 똥을 길가에서 싸요? 그냥 AI를 안 쓰면 되잖아요, 날 때릴 게 아니라?"

"멍청한 새끼! 이게 나 하나가 AI를 쓰고 안 쓰고를 따지는 문제일 거 같아? 너희가 세상을 그 꼬라지로 몰아가니까, 우리가 세상을 구하려는 거 아냐!"

때리기를 잘 때리더라는 이야기가 아니라, 그만큼 격정이 넘치는 리더였단 소리입니다. 그날 시위를 이끌고, 사람들을 고무하는 데에도 큰 역할을 했고. 결국 경찰 기동대가 몰아닥치며 시위대는 산산이 흩어져 퇴각했지만, 단장의 불 같은 의지며 열정은 제 머릿속에 단단히 남았습니다. 그래서 이후 끈 떨어진 연 꼴이 됐을 적에 단장으로부터 ASR에 들어오라는 연락을 받자마자 좋다고 달려간 겁니다.

시작하고서 한동안은 그보다 좋을 수가 없었습니다. 어찌된 일인지 ASR에선 후원금이 마르는 일이 없었고, 조직 행동 목표도 분명했습니다. 문제는 한 번에 하나씩 해결하자, 우선은 우리 사회에 기술 지상주의라는 독을 뿌리는 디지톨로지의 부패를 척결하자. 나중엔 우리를 단속하던 경찰마저도 디지톨로지를 단속하려 들지 뭡니까? 물론 우리도 여전히 단속 대상이었지만. 그야말로 빛나는 순간, 빛나는 승리였습니다.

그러던 어느 날, ASR 회의 중에 단장이 어딘가 의아한 활동을 제안하더군요.

"S대에서 밥그릇 싸움이 났다는데, 잘하면 우리 몫도 좀 빼 올 수 있을 거 같습니다. 마침 도와달라는 부탁도 받았고."

"돈 들어오는 일이야 좋지만, 원래 우리하곤 아무 상관 없는 싸움 아닙니까?"

내 질문에 단장은 어깨만 한 번 으쓱하곤 대수롭지 않다는 식으로 대답했습니다.

"그게 꼭 그렇지도 않습니다. 우리 후원자가 부탁한 일이니까요. 보수도 보수지만 지켜야 할 의리도 있는 법이잖습니까?"

의리라. AI에겐 없는 사람만의 미덕 아니겠습니까? 엘리트입네 하는 S대 녀석들에게 엿을 먹이는 기분도 나쁘지 않았고… 문제는 S대 일이 끝난 다음이었습니다. 그 후원자라는 작자가 약속한 보상을 주지 않고 갑자기 자취를 감춰버린 겁니다. 그러지 않아도 경찰에 쫓기기 시작한 탓에 자금은 물론 은신처며 물자마저 구하기 어려워진 판에 이렇게 뒤통수를 맞은 겁니다. 글쎄요, 처음엔 어느 장단에 놀아난 건지 몰라 모두 당황했고, 돈줄이 마르니 마음이 굳지 못한 사람은 모두 떨어져 나갔습니다. 서른이 넘던 무리가 겨우 여섯으로 줄었습니다. 그때까지 우리는 서로 의견만 분분했습니다. 배신당한 거다, 혹은 후원자가 갑작스럽게 무슨 일을 당한 거다….

그때 단장이 마침내 S대 학생에게서 후원자 신상에 관한 정보를 얻었다고 밝혔습니다. 연락이 끊기기 전 후원자가 마지막에 맡긴 일이 하필 S대라는 점이 미심쩍었던 단장이 조심스레 캠퍼스 이곳저곳을 찔러보고 다니다 정보원을 찾은 겁니다.

그 정보에 따르면, 어이없게도 우리의 익명 후원자는 다름 아닌 S대 마약왕이었습니다. 그게 무슨 싸움이었든, 이 개자식은 자기 싸움에서 우릴 장기판 말처럼 써먹고 버린 셈이었습니다. 더러운 배신자! 비겁한 놈! 역겨운 약팔이 새끼! 제 손 하나 안 더럽히고 꿀만 빨아내겠다는 쓰레기! 이 고귀한 우리를, 이 사회의 유일한 희망을 그 따위로 취급하다니!

아직 남아서 의지를 불태우던 행동단 동지들은 비분강개했습니다. 기쁘게도, 아니 안타깝게도 이 내부 정보원 또한 비열한 약팔이 때문에 큰 피해를 입고 의분에 차 있었습니다. 애초에 원치 않게 S대 내 마약 조직에 코가 꿰였다고 했습니다. 그동안 온갖 수모를 당하며 심부름꾼 노릇을 했는데, 오히려 그 덕에 지금 그 배신자가 숨은 곳을 알려줄 수 있게 되었지요. 단장은 그 내부자에게서 마약왕 사냥을 돕겠다는 약속을 받아냈습니다.

목요일 늦은 오후. 사전에 공유한 계획대로, 우리는 정보원 뒤를 멀리서 따라갔습니다. 마침 정보원이 대수롭지 않은 심부름을 떠맡았다며 이번 기회에 우리에게 길을 안내해주겠다고 나선 겁니다. 들키지 않고 은신처에 도착하려면 중간중간 사설 CCTV나 무소음 경보 따위를 우회하거나 아주 꺼야 한다더군요. 앞서 길을 잡아준 이 조력자 덕분에 그 비겁자가 숨어 떨고 있을 집의 현관 앞까지 힘들이지 않고 도달했습니다. 꽤 빙빙 돈 데다 한 번은 길잡이가 발이 걸렸는지 우당탕 바닥을 구르기도 했지만, 그 외엔 큰 방해도 없었습니다.

도심에서 빗겨난 데다 인구공동화로 제법 한산한 골목이었습니다. 하지만 아직 멀쩡한 동네에 있는 번듯한 단독주택이더군요. 우리는 고작 교외 철거 예정 아파트나 재개발지구 주택가에 아지트를 꾸렸는데 말입니다.

정보원이 먼저 은신처에 들어갔다가 곧 나왔습니다. 그 사이 우리는 앞뒤 창문 근처에 몇 사람을 배치해 도주로를 막았고, 단장과 저, 덩치 큰 동료 한 명까지 셋은 현관 근처에 눈에 띄지 않게 숨었습니다. 주택을 나온 정보원이 곧 골목을 돌아 사라졌고, 단장은 초인종을 눌렀습니다. 우습게도 이 더러운 약팔이 자식은 전혀 경계하지 않고 문을 활짝 열어젖혔습니다.

"그래, 금방 다시 올 줄 알았다니까? 처음에 이야기할 때 듣지 그랬어?"

핫! 단장이 현관문을 뻥 차고 뛰어들 때 그 머저리 자식 표정은 또 어찌나 가관이던지! 제가 그 인간의 멱살을 잡아 거실 한가운데 내동댕이치자 단장과 동료가 냅다 뛰어들어 욕설이며 발길질을 퍼부었습니다. 창문을 지키던 동료들도 곧 들어와선 주먹을 내리꽂고 침을 뱉었습니다. 한참 뒤 단장은 곤죽이 된 마약왕을 노끈으로 꽁꽁 묶어 옆방에 집어던져 가둬버렸습니다.

배신자를 응징하는 짧은 순간에는 가슴이 뻥 뚫린 듯 시원했는데, 뒤이어 적막이 찾아왔습니다. 이제 사기꾼 약팔이를 어떻게 할지는 별 중요한 이슈가 아니었습니다. 우리 행동단이 앞으로 어떻게 해야 할 것인지 고민해야 하는 시점이었으니까요.

그때, 역시나 단장이 입을 열었습니다.

"동지들. 다들 비슷한 염려를 하고 있을 테지요. 우리 행동단이 앞으로 나아갈 길은 어디인가? 전처럼 자원이 풍요롭지 않은 상황에서 어떻게 투쟁을 이어가야 하는가? 하지만 역사를 통틀어 부유한 이들이 이루어낸 혁명이란 존재하지 않습니다. 오히려 주머니는 비었지만 가슴은 달군 강철 같은 의지로 가득한 사람들이 언제나 먼저 눈을 떠 변혁을 불러일으켰던 것입니다. 그러니, 동지들이여! 오히려 지금이야말로 우리의 혁명이 다음 단계로 나아갈 시점입니다."

바닥에 앉아 경청하는 다섯 동료의 눈을 하나하나 마주치며, 단장은 목소리를 가다듬었습니다.

"사실 동지들께 상의하지 않고 다음 싸움을 미리 준비했습니다. 우리 조력자가 저 추악한 위선자의 소굴로 우리를 이끄는 순간까지도, 그 모든 것이 함정은 아닌지 계속 의심했기 때문입니다. 그래서 동지들의 집중력이 분산되지 않길 바랐고, 또한 적들에게 제 계획이 드러날 위험도 감수할 수 없었습니다. 하지만 우린 마침내 정의를 실현하고 이렇게 둘러앉았으니, 동지들께 제 마음에 품은 걸 공유하기에 딱 좋은 순간이라 믿습니다."

"그만 애태우고 어서 말씀해보시죠!"

함께 정문으로 돌입했던 덩치가 추임새를 넣자 단장은 뿌듯한 듯 미소를 짓고 대답했습니다.

"물론입니다. 첫째는 새로운 목표입니다. 여러분, 이미 디지톨로지는 자신들이 편익을 취하던 사회로부터 도리어 지탄을 받기 시작했습니다. 당국도 수사를 시작했으니 그 더러운 민낯이 드러나면 더 이상 우리가 손댈 필요도 없이 곧 무너지고 말 것입니다. 그러니 다음 목표로 넘어가야 합니다. 그리고 전 이번 경험을 통해 S대야말로 우리가 투쟁 대상으로 삼아야 할 적임을 확신했습니다. 엘리트주의적 아집, 절제 없는 지성의 표본! 심지어 지난 학내 분쟁 이후로 S대는 더욱 기술 지상주의의 첨병이 되고 있습니다!"

단장은 다른 이들이 고개를 끄덕이는 모습을 확인하며 말을 이었습니다.

"둘째는 행동 방침입니다. S대는 디지톨로지와 비교할 수 없을 만큼 강대합니다. 젊고 신선한 정신을 빨아들여 유해한 열매를 맺기 위하여, 체제에 더욱 넓고 깊이 뿌리박은 채 가지를 높게 뻗치고 있기 때문입니다. 따라서 우리가 디지톨로지를 향하여 벌였던 온건한 활동만으론 결실을 보기 어려울 수밖에 없습니다. 어려운 목표를 달성하기 위해선 더욱 어렵고 혹독한 수단이 필요한 법입니다. 제가 사회운동을 하며 이전부터 도움을 받았던 협력자에게 이미 연락했으니 곧 이곳에 도착할 겁니다. 그러면 동지들께서도 제가 이야기하는 혹독한 수단이 무엇인지 직접 보시게 될 것입니다."

그 순간, 초인종이 울렸습니다. 선글라스에 검은색 정장, 한 손에는 브리프케이스를 들고 다른 한 손에는 과일 바구니를 든 사내가 들어와 왠지 어색한 말투로 인사를 건넸습니다.

"아, 단장님! 안녕하세요? 조금만 더 늦게 연락하셨으면 오늘 못 뵐 뻔했습니다. 이따 밤에 처리할 일이 있어서 말이죠. 다른 분들은 처음 뵙겠습니다! 만나서 반갑습니다. 저는 치엔이라고 합니다."

치엔은 단원 한 사람 한 사람에게 명함을 건넸습니다. 정확히 기억은 안 나지만 "극동영업부 차장, 루이스 치엔"이라고 한글과 영문으로 함께 적혀 있었던 것 같습니다. 요새 우리나라에선 흔치 않은 명함 돌리기, 명함 내용, 어딘지 꾸민 듯한 말투와 선글라스까지… 그는 심상치 않은 분위기를 풍기는 인물이었습니다. 해외, 아마 흑사회 사람이 아닐까 짐작만 했습니다. 손을 내밀어 명함을 받다 보니 치엔 차장이라는 사람의 셔츠 소매에 묻은 검붉은 얼룩이 눈에 들어왔습니다. 차장은 내 눈치를 알아채고 씩 웃으며 멋쩍은 듯 말했습니다.

"오는 길에 웬 양아치들하고 시비가 붙어서 말입니다. 고작 그걸 못 참고 꼰대질을 한 게 이렇게 탄로 나네요. 변변찮은 꼴을 보여 죄송합니다. 그 대신이라 하긴 그렇지만, 처음 뵙는 분들도 계시니 빈손으로 오긴 민망해서 과일 바구니 작은 거 하나 선물 삼아 들고 왔습니다. 오늘 중요한 건을 하나 마무리하셨다니 축하드립니다. 그런데 단장님께서 워낙 부지런하셔서 바로 이렇게 절 부르셨네요."

"차장님, 마지막으로 만났을 땐 분명 과장님이셨던 거 같은데. 부탁드렸던 물건은 마련하셨는지?"

"역시나 단장님. 거래할 땐 언제나 본론부터 꺼내시니 진행이 빨라서 좋습니다. 단, 아시다시피 저희 사업 특성상 현금 거래에 선지불만 받습니다. 돈은 벌써 준비하셨나요?"

단장은 검지를 들어 잠시 기다리라고 사인을 주고는 마약왕을 던져놓은 옆방으로 들어갔습니다. 한참 부스럭거리는 소리가 들리더니 단장은 방에서 나와 치엔 차장에게 쇼핑백 하나를 건넸습니다. 치엔이 쇼핑백을 거꾸로 들자 노란 현금 다발이 쏟아져 나왔습니다. 그 사기꾼이 약을 팔아 모은 돈을 방에 쌓아뒀던 모양입니다. 치엔 차장은 돈다발을 척척 세어보더니 씩 미소 지었습니다.

"이야, 딱 맞네요. 단장님께서 연락 주셨을 때, 왠지 오늘 거래를 마무리 지으실 듯했거든요. 그래서 마침 저도 주문하신 물건을 챙겨 왔죠."

그러더니 자기가 가져온 과일 바구니에서 샴페인을 꺼내서 단장에게 조심스레 넘겨주었습니다.

"급하게나마 단장님께서 요청하신 대로 만들었습니다. 디자인은… 그냥 최근 유명한 샴페인을 따다 썼는데 괜찮으시죠? 앞서 설명드렸듯이, 저희가 최근 개발한 이 상품은 중량 대비 효과가 다른 제품과는 비교할 수도 없습니다. 탐지해낼 방법도 아직은 전무하고요. 사용법도 간단합니다. 마개만 열면 용기 내 화합물이 공기와 섞이며 곧바로 반응합니다. 결과는 아주 만족스러우시리라 자신합니다. 실수로 엉뚱한 곳에서 병을 깨뜨린다면 재난이 따로 없겠지만… 병이 그렇게 쉽게 깨지진 않을 겁니다. 솔직히 저도 가져오던 중에 한 번 호되게 떨어뜨리고선 식겁했는데, 보시다시피 멀쩡하니까요."

"그러면 우리 단장이 이야기한 혹독한 수단이… 술이에요?"

나도 모르게 새어 나온 목소리에 치엔 차장은 미소를 거두지 않고 대답했습니다.

"폭탄이죠. 신형 액체 폭탄, 샴페인형 부비트랩, 특주품입니다."

다들 입이 쩍 벌어진 사이에 치엔은 또 운을 띄웠습니다.

"혹시 행동단 여러분, 개인화기는 안 필요하십니까? 단장님하곤 꽤 오래 거래했으니 시중가보다 15퍼센트는 싸게 해드릴 수 있습니다. 정기 공급 계약을 하면 15퍼센트 더 해서 총 30퍼센트까지 제가 만들어드릴 수 있어요. 어떠세요?"

차장은 가방에서 반질반질하게 윤이 나는 권총 두 정을 꺼내 바닥에 늘어놓았습니다.

"마찬가지로 저희 아니면 구할 수 없는 물건이에요. 신소재 폴리카본으로 만들어서 검색대에도 안 걸리고, 단단하면서도 가벼워서 3D 프린터로 뽑아낸 일회용품하곤 급이 다르죠."

하지만 단장은 손사래를 치며 말을 끊었습니다.

"아니, 차장님. 그건 차차 이야기할 기회가 있지 않겠습니까? 일단 지금 받은 물건부터 시험해보고 다음 거래 이야기를 하고 싶네요. 오늘은 기왕 오셨으니 술이나 같이 하시죠! 아까 보니 맥주를 아주 궤짝

째로 들여놨던데."

"아까 말씀드렸듯 밤에 처리할 일이 하나 있긴 한데…. 지금 보여드린 권총이 프로모션에 들어가야 하거든요. 마침 **좋은 친구** 통해서 총 쓰는 일이 하나 들어왔으니 기회를 제대로 써먹어야죠. 용돈도 벌고 상품도 홍보하고."

"아니, 거긴 어째 차장님 혼자 일을 다 하지? 영업에, 광고에, 배송까지 직접 하시고.."

"본부가 사람은 안 보내주면서 한국 시장을 빨리 넓히라고 자꾸 보채지 않겠습니까? 시장 커지면 인력 채워준다고."

못내 아쉬운 티를 내던 차장이 결국 총을 챙겨 떠난 후, 우리는 밤새 술을 마시며 단장에게 세부 계획을 들었습니다.

ASR의 새 출발을 알리는 봉화! 단장이 조사한 바에 따르면 S대는 과기부와의 MOU 체결식을 준비하고 있었습니다. 토요일, S대 5세대인공지능연구소에서 체결식을 마치고, 연이어 축하연까지 연다고 했습니다. 뒷사정은 모르지만, 겨우 MOU에 총장이며 장관까지 참석한다니, 큰일을 벌이기에는 안성맞춤이었습니다.

바로 그곳이 샴페인 폭탄이 활약할 자리였습니다.

학교 측에서 축하연을 위해 준비해놓은 샴페인을 폭탄으로 바꿔치기만 하면, 어떤 멍청이든 친히 샴페인 폭탄을 따서 마무리를 지어줄 터였습니다.

"동지들. 저들은 자신들이 쌓아 올릴 거짓된 발전을 위해 샴페인을 터뜨리겠지만, 결국 쏘아 올리는 건 새로운 시대를 축복하는 축포입니다! 거사 뒤에 성명서가 널리 퍼지면, 뜻을 같이할 이들은 다시 모여들고 새로운 후원자도 만나게 될 것입니다. 사회재생행동단의 이름은 적들에게는 두려움이, 친구들에겐 희망과 용기가 되겠죠! 이 뒤틀린 세상을 바로잡을 기회를 거머쥡시다!"

단장의 열띤 연설이 끝나자 모두 흥분과 기대에 휩싸였습니다. 아, 그 눈부신 희망과 감격! 마침내 정의를, 올바름을 실현하리라는 강렬한 기쁨! 단장이 맥주를 높이 들어 올리자 다섯 동지들도 함께 잔을 들었습니다. 그러곤 단장의 선창을 따라 목청 높여 구호를 외쳤습니다.

"사람이 사람 되게! 도구가 도구 되게!"

그날은 떡이 되도록 술을 마시며 서로를 격려했습니다. 배신자 녀석의 집을 뒤졌더니 고급스러운 안주거리며 술이 끊임없이 나오지 뭡니까? 주방에는 그 새끼가 사둔 진짜 샴페인도 한 병 있었는데, 돔 페리뇽인지 뭔지, 아껴뒀다가 일이 끝나면 축하주로 다 함께 마시자 약속했습니다. 집 여기저기에 숨겨둔 현금을 제법 찾았고, 아니나 다를까 약도 몇 무더기나 나왔지만 누구도 약 따위에는 손도 대지 않았습니다. 치엔 차장이 선물이랍시고 가져온 과일도 그랬지만요. 결국 금요일 아침까지 먹고 마시다 다 함께 곯아떨어졌습니다. 아! 그 진한 동지애는 직접 경험하지 못한 사람은 알 수 없을 것입니다!

금요일 오후, 저와 다른 동료 한 사람이 폭탄을 조심스레 가방에 넣고 S대 AI연구소를 찾아갔습니다. 하지만 막상 연구소에 도착해서는 샴페인이 어디 있는지 알 도리가 없었습니다. 마침 내일 행사를 준비한답시고 연구소 전체가 분주한 느낌이었습니다. 우리는 일손을 보태러 온 학생인 척, 식탁에 의자며 음료수 상자를 좀 나르면서 정보를 모으려 귀 기울였습니다.

땀을 흘리고 있자니, 다행히 곧 학생 둘이 툴툴거리는 소리가 들리더군요.

"이런 건 제발 돈 주고 사람 좀 쓰지, 꼭 우릴 시켜야 해? 연구소 예산도 넉넉하면서."

"내 말이. 휴게실에 와인셀러 둘 돈은 있으면서 말

이야. 그걸 누가 쓴다고."

"이번 행사 때 터뜨리겠다고 사 온 샴페인이 거기 들었잖아. 한 병에 120만 원이라던가. 뭐라더라? 돔 페리뇽 로제 베이로스 에디션?"

"한동안 뉴스에서 엄청 시끄럽지 않았어? 무슨 법적 문제로 국내에 백 병도 채 안 들어왔다며. 샴페인은 그런 고명한 걸 구해다 놓고, 우리한테는 고작 밥 한 끼로 퉁칠 거 아냐."

딱 필요한 정보를 제때 구하다니, 하늘이 돕는다 싶었습니다. 그렇지 않아도 숙취 때문에 더는 힘을 못 쓸 판이었거든요. 우리 둘은 슬그머니 빠져나와 연구소 휴게실로 향했습니다. 몇몇 사람과 마주쳤지만 다들 홀린 듯 바빠서 우리에게 주의를 기울일 여유는 없는 모양이었습니다. 한심한 인간들. 저는 와인셀러에서 샴페인을 꺼내 동료에게 건네고, 가방에서 가짜 샴페인을 꺼내 원래 샴페인이 있던 자리에 조심스럽게 놓았습니다. 셀러 문을 닫고 잽싸게 연구소를 떠나 캠퍼스를 빠져나오니, 그림자가 길게 드리우는 시간이었습니다.

한편 사기꾼 녀석의 은신처에서 오후 내내 우리를 기다리던 동지들은 의기양양하게 개선한 우리 얼굴을 보고 환호성을 질렀습니다. 간단한 경과 보고가 끝나자, 축하연 겸 위로연 삼아 또 술잔을 기울였습니다. 파견 나갔던 멤버가 족발이며 닭꼬치며 제법 뜯어 먹을 만한 먹거리를 두둑히 사 들고 왔기에 흥은 점점 고조되었습니다. 하지만 자리가 이어지고 여섯이 함께 마시니, 빌어먹을, 몇 상자나 있던 술도 금세 다 떨어졌습니다. 오늘은 이만 접어야 하나, 하는데 단장이 일어나 입을 열었습니다.

"동지들! 어느새 자정이 지나 벌써 토요일입니다. 폭탄이 터지면 그때 기념 삼아 마시자고 이야기했지만, 이미 우리 계획은 충분히 성공적입니다. 마침 술도 다 떨어졌으니, 마지막으로 샴페인을 따면 어떨까 싶은데, 설마 반대파는 없겠죠?"

단장이 샴페인 병을 머리 위로 들자 갈채가 터져 나왔습니다. 저는 잽싸게 주방으로 뛰어가 와인 오프너를 찾아선 단장에게 던져 건넸습니다. 개방형 주방이어서 거실과 훤히 통했기에, 굳이 자리로 돌아가지 않고 스툴에 기댄 채 단장이 샴페인 마개를 따는 모습을 지켜보았습니다. 감격과 기쁨, 기대가 가슴 한가득 뜨겁게 차올랐습니다.

그다음 순간, 무슨 일이 벌어졌는지는 저도 알 수 없습니다. 정신을 차려보니, 가슴이 아니라 온몸이,

뼈 하나하나가, 마치 불이라도 붙은 듯 고통으로 끓어올랐습니다! 간신히 눈을 굴려 주변을 둘러보니 전 싱크대 아래에 처박혀 있었고 혀와 코끝에는 피 맛이 가득했습니다. 온통 매캐한 연기, 지글대는 불, 플라스틱이며 쇠가 녹는 냄새… 그리고… 잊으려야 잊을 수도 없는 살 타는 냄새! 무슨 일인지 확인하겠다고 고개에 힘을 줬지만, 강렬한 통증이 척추를 내리 달렸습니다. 숨이 막혀 기침을 내뱉을 때마다 허리가 조각조각 찢어지는 듯했습니다. 점점 감기는 눈을 뜰 힘마저 잃어가는데, 멀리서 들리는 사이렌 소리만 두개골 속에서 왱왱 울려댔습니다.

이제 눈을 떠 보니 이 꼴입니다. 행동단만 끝난 게 아닌 거죠. 좋은 일, 의로운 일을 하겠다고 그렇게 애를 썼는데, 내 모든 걸 쏟아부었는데, 남은 건 반신불수가 된 몸뚱어리 하나라 이 말입니다! 빌어먹을, 의체니 뭐니 하는 걸 살 돈만 있었어도! 하지만 그런 것도 결국 돈 있는 놈들이나 부리는 호사 아닙니까? 이젠… 전 이제 진짜 어떻게 해야 하죠? 이 꼴로 징역까지 살아야 하나요? 아니, 감옥을 면한들 어디서 뭘 할 수 있겠습니까?

…하지만 이 형편에 작가님이 뭘 도울 수 있겠어

요? 그저 동지들이 우스갯거리가 되지 않도록, 제 기억 속 ASR이 더럽혀지지 않도록, 부디 제 이야기를 꾸밈없이, 진실하게 전해주십시오. 그러고 나면 제 한 몸이야 어떻게든 될 겁니다. 아니, 어떻게 안 되더라도 무슨 상관이겠습니까? 어차피 희망의 불은 꺼졌고 인간성은 곧 오염되어 사라질 텐데. 이제 제게 남은 역할이라곤 그 소식을 전하는 것뿐인데 말입니다.

2

분명히 말씀드리지만, 적어도 이 사건에서 전 순전히 피해자입니다. 세상 어떤 미친놈이 자기 집을 그렇게 박살내겠어요? 제 책이며 냉장고며 거실에 있던 가구까지 싹 다 날아가지 않았습니까? 제법 아끼는 물건들도 있었는데… 이럴 줄 알았으면 보험이라도 들어놨을 겁니다.

물론 이번 폭발이 사회재생행동단, 그러니까 ASR 때문인 건 분명합니다. 또 제가 ASR 창립에 중요한 역할을 한 것도 사실입니다. 제가 없었으면 그런 허접한 조직이나마 세울 자금이 어느 구멍에서 나왔겠습니까? 그러니 저 아니었으면 ASR도 처음부터 존재하지 않았을 테죠. 그렇다 해도 그건 옛날 이야기

구요, 최근에 ASR이 벌이고 다닌 짓은 저하고 아무런 상관이 없습니다. 전 행동단이 고삐 풀린 망아지가 되기 한참 전에 손을 뗐단 겁니다.

저를 둘러싼 의혹, 그러니까 ASR을 배후에서 조종해온 흑막이라는 오해를 풀자면 우선 ASR을 왜 시작했는지, 또 어째서 손을 뗀 건지 설명해드려야겠네요. 이야기를 좀 거슬러 올라가게 되겠지만요.

대학 들어오고서, 처음엔 인생이 빠듯했습니다. 집안 형편이 퍽퍽한지라 나 쓸 돈은 내가 벌어야 할 팔자였는데 서울 생활비는 만만치가 않았어요. 먹고 살자면 근로니 알바니 하는 데에 시간을 쏟아야 했죠. 그러다 보니 성적은 딱 중간 정도 겨우 갔습니다. 노력할 여유가 없는 만큼 재능으로 메꿀 수 있으면 좋았겠지만, 애초에 S대는 재능 있는 사람들이 모인 학교잖아요. 장학금은 어림도 없었죠. 학비가 싼 편이라 해도 서울대 시절보단 제법 셌고, 학자금대출도 결국 다 빚이니… 공부도 공부지만, 일단은 어떻게든 한 푼이라도 아껴보겠다고 아등바등했습니다. 그러면서 마음 한구석은 늘 뭔가에 쫓기는 듯했고요.

그런 상황에서도, 다행히 친구는 제법 많이 사귀었습니다. 대학 오는 이유 중 하나가 인맥 만들기 아님니까? 그런데 이래저래 어울리다 보니 조금씩 보이는 게 있었습니다. 누구에게나 자기 급한 구석이 먼저 눈에 들어오기 마련인데, 제 경우엔 그게 돈 벌기회였어요. 다시 말하자면, 약을 팔아 용돈 벌이 하는 학생이 꽤 있더라는 겁니다. 언제부터인가 즐거운 캠퍼스 생활에 약이 빠질 수 없게 된 거죠. 교내에선 약을 아예 '팝'이라 별칭까지 붙여 불렀습니다. 원래 머리에 주는 밥이라고 '뇌밥'이라 한걸, 뇌팝이 됐다가 팝으로 굳었다는데, 진짜 유래야 누가 알겠습니까?

물론 우리나라에서 마약사범은 예나 지금이나 얄짤없죠. 근데 S대는 학교 인수에 외국계 자본이 대거 뛰어든 이후 일종의 자유연구단지처럼 되었잖아요? 그래서인지 경찰들이 깊이 관여하기를 꺼렸습니다. 집중 강화 기간이니 특별 단속이니 하며 주기적으로 탈탈 털긴 했는데… 바꿔 말하면 그건 그때에만 조심하면 된다는 뜻이 되기도 하잖아요? 안 걸리는 요령도 있었고요.

이 새로운 사업에 걸림돌은 오히려 경쟁자들이었죠. 이미 대학, 학부별로 주요 그룹들이 있었거든요. 꽤 덩치 있는 조직들이 진작 자기들끼리 구역을 나눴더라고요. 서로 지켜야 할 약정이네 룰이네 하는 것도 만들고, 유통 질서를 지킨답시고 무슨 위원회 비슷한 모임도 만들고.

제 경우엔 5학기쯤 다녔을 때부터 팝으로 소소하게 돈을 벌기 시작했습니다. 그 이후로 내 그룹을 만들고, S대 팝 시장을 평정하고, 권좌에 앉기까지에 이르는 장대한 여정을 다 풀어드릴 순 없네요. 핵심 전략만 말씀드리자면, DnC와 RnD였습니다. 뒤에선 조직 간에 이간질을 치고 틈을 만들었죠. 그러면서 더 탁월한 제품을 더 간편한 방법으로 구매할 수 있게 만들어 시장을 야금야금 뺏었습니다.

말이야 쉽게 들리지만, 친구도 적도 많이 만들어야 하는 일이에요. 아슬아슬하게 줄타기하며 이번엔 진짜 죽는구나 싶었던 때가 몇 번인지. 어느 순간부터는 중간에 그만둘 수 없어서 끝까지 밀어붙였던 게 아닌가 싶어요. 두 손은 피투성이가 됐지만 피 묻은 손이라고 돈 못 세는 거 아니니까요.

그렇게 4학년쯤 되자 사업이 꽤 자리를 잡았어요. 경쟁 세력은 싹 밀려나고 고객 만족도는 하늘을 찔렀습니다. 수익은 더 말할 필요도 없었고요. 제 학교 성적이요? 세상에, 대학에서 머리 싸매고 공부하는 건 다 졸업해서 잘 먹고 잘살자고 하는 짓이잖아요. 근데 전 이미 잘나가는 사업가였단 말입니다. 일 하느라 바쁜데 공부할 짬이 어디 있어요? 그럴 이유는 어디 있고? 졸업할 때가 다가오니 맘이 쫄리긴 했지. 물론 시원찮은 성적 탓은 아니었습니다. 내 구역이 학교니만큼 학교 떠나면 그게 사실상 은퇴잖아요? 애써 모은 돈을 어떻게 굴릴지 고심하게 될 수밖에요.

졸업한 뒤에야 더 넓은 물에서 같은 비즈니스를 하면 되지 않느냐 싶겠지만, S대 시장은 좀 특수합니다. 바깥하고는 상황이 많이 달라요. 일단 S대 울타리만 벗어나면 경찰 감시망이 비교할 수 없을 정도로 촘촘해지거든요. 이미 장사를 하는 큰손들도 버티고 있고.

그러다 보니 우리 사업 자체도 생산과 판매가 다 S대 안에서 이루어져요. 원료는 S대 병원이나 교내 연구소에서 나오는 폐기 약물을 헐값에 빼돌렸고, 설비는 유령 동아리 이름으로 받아낸 동아리방에다 갖춰뒀고, 기술 및 생산 인력이야… 대학이니까. 넘치는 게 인재 아닙니까.

물론 고객도 되도록 S대 내부 인원으로 한정했습니다. 그러니 상품 구성도 S대 밖과 달랐죠. 제일 인기 있는 건 단연 집중력 강화제였어요. 시험 기간엔 진짜 쉴 틈이 없었다니까. 파티용 약도 제법 팔았지만, 메스나 크랙 계열은 아니었습니다. 그런 약물은 대만, 중국, 동남아 등등에서 들어오는데, 진짜 위험한 조직들 나와바리거든요. 괜히 힐끔대다 잘못 코 꿰면 어느 날 밤길 걷는데 경동맥에 칼 들어오는 거죠.

그래서 훨씬 싸고 가벼운 물건을 자체 개발했습니다. S대 시그니처 파란색을 입힌 동그란 알약에 음각으로 S를 박았죠. 이름도 '스콜라'였어요. 압니다, 유치한 이름인 거. 근데 원래 약 이름은 머릿속에 쉽게 남아야 해요. 팝 판매량을 보면 요연하다니까요.

노인네마냥 옛 추억에 무심코 말이 길어졌습니다. 무슨 영웅담마냥 늘어놓자는 생각은 아니었는데. 그래도 이제부턴 ASR을 만든 이야기가 나올 차례니까.

4학년 첫 학기, 그러니까 재작년이었습니다. 어쨌든 돈도 꽤 모았겠다, 슬슬 학교를 떠나면 뭘 하고 살아야 할지 계획 중이었어요. 이야기했듯, 평생 약 장사로 먹고살 건 아니니까요. 한편 S대 팝 조직은 이제 지반도 꽤 탄탄했고, 마침맞게 물려줄 만한 녀석도 있었죠. 덕분에 남는 사람들 걱정할 필요 없이 졸업할 수 있을 듯했습니다. 신경을 거스르는 사소한 문젯거리 하나만 없애면 말입니다. 그게 바로 전자마약이었죠.

전자마약이라 이름 단 물건이야 고릿적부터 돌고 돌긴 했습니다. 근데 사실 약효가 그다지 신통찮았어요. 사람마다 효과도 제각각이고. 그래서 슬금슬금 오가든 말든, 그간 신경도 쓰지 않았더랬죠. 진짜 약이 필요하면 결국 팝을 찾게 마련이었으니까요.

근데 언제부터인가 제대로 된 경쟁 상품이 나오기 시작하더라고요. DD라는 브랜드까지 붙이고서, 제법 상품 태가 나오는 겁니다. 처음엔 컴공이나 융복합연구소에서 흘러나온 물건이리라 짐작했지 뭡니까? 그래서 손쉽게 뿌리를 뽑겠거니 했죠. 그 바닥은 원래 우리 텃밭이니까. 하지만 S대를 이 잡듯 뒤져 겨우 말단 판매책만 몇 잡아냈습니다. 그게 무슨 소용이겠어요? 원래 그 자리에 있는 녀석들은 다 소모품이거든요. 하나나 둘쯤 없어진다고 조직에 타격도 안 가는.

그래도 DD가 학교 밖에서 들어온 물건이라는 정보는 뽑아냈습니다. 그 출처라는 곳이 어이없더군요. 요새도 꽤 잘나가는 신흥 종교단체 '디지톨로지'였던 거예요. 세상에, 사이비야 이래저래 많다지만 마약을 파는 교회라뇨? 지금 와서 생각해보면, 그쯤에서 챙길 거 챙겨서 S대에 작별을 고해야 했어요. 사이비 소리 듣자마자 뒷골이 딱 땅겼거든. 그런데 저도 빛나는 이십 대를 이 조직에 갈아 넣었잖아요. 게다가 이 좁은 우물 바닥에서나마 나름 우두머리 행세깨나 하지 않았나 하는 자신감도 있었고. 그래서 졸업 전 마지막 선물로나마 뭔가 행동을 보여주겠다고 마음먹었던 겁니다. 이놈의 책임감이 죄지.

물론 우리 애들더러 그대로 돌격하랄 수는 없는 노릇이었습니다. 위험한 건 차치하고라도, 까닥 당국에 꼬투리라도 잡히면 그간 공들여 쌓은 탑이 돌 위에 돌 하나도 안 남고 싹 사라질 텐데. 여기서 사회재생행동단, ASR이 등장합니다. 전면에 나설 수 없는 우리를 대신해 싸울 몽둥이 겸 방패를 만든 거죠.

지금이야 반기술주의운동도 유행이 다 지나갔지만, 불만 종자야 아주 근절되지 않는 법입니다. 베니스힐 공동체네 인류공동전선이네 하는, 해체되기 전엔 꽤 극렬했던 집단들이 있잖아요? 웹으로 그 잔당과 접촉해선 새로 조직을 하나 만들도록 도왔습니다. 물론 그 패배자들에겐 투쟁 목표를 제시하며 조직 자금도 넉넉하게 약속했고요. 목표라 함은 당연히 디지톨로지였습니다. 마침 디지톨로지가 기술을 통한 자의식과 존재의 승화 같은 걸 가르치는 교회 니만큼 타깃으로 삼기 딱 좋았죠.

새 조직의 슬로건도 '디지털 러다이트와 물성 공동체 정화를 통해 사회적 가치를 재정의함으로써 사회를 재생하고 실천 생활을 복원한다'였던가? 뭐, 그 비슷한 내용이었어요. 바꿔 말하자면 사람이 기술보다 중요한 세상을 만들자 운운이지만, 구호가 뭘들 중요하겠습니까? 그저 디지톨로지하고 ASR이 근사하게 쾌광! 부딪치는 꼴을 보고 싶었던 거죠, 전.

처음엔 별로 어려운 게 없었습니다. ASR이 알아서 나서고 저는 활동비만 보내줬어요. 물론 우리 사회에서 전자마약을 뿌리 뽑길 갈망하는 익명의 독지가 이름으로요. 그 돈으로 알아서 이런저런 장비도 사고, 밥도 먹고 했겠지. 대신 활동단이 일을 벌일 때마다 성명도 같이 발표하도록 부탁했습니다. 디지톨로지는 전자마약을 퍼뜨리는 사회악이니 마땅한 벌을 받는 것이란 식으로 말입니다. 이럴 땐 테러리스트가 참 편합디다. 이 친구들은 왜 전자마약 확산이 디지톨로지 탓인지 근거를 대거나 증명할 필요가 없어요. 그냥 일을 치면 그만이라니까요.

그렇게 한 몇 개월, ASR이 열심히 활동한 덕에 디

지틀로지 교회 두어 곳이 불타 내려앉았습니다. 인명 피해는… 뭐 여기서 굳이 꺼내진 않도록 하죠. 경찰은 ASR뿐 아니라 디지틀로지도 수사망에 올렸습니다. 행동단과 함께 전자마약도 사회적으로 주목을 받기 시작한 덕이었습니다. 결과적으론 S대에 흘러 들어오는 DD도 극적으로 줄었고요. 작전은 대성공이었단 겁니다.

이만큼 들쑤셨으니 슬슬 꼬리를 자르고 빠질 타이밍이다 싶었어요. 행동단을 버릴 때가 온 거죠. 그 멍청한 테러리스트들하고 나란히 수갑 찰 마음은 추호도 없었거든. 그런데 바로 그쯤이었단 말이죠, S대 학내 갈등이 심상치 않게 돌아간 게.

작년에 S대가 퍽 시끄러웠잖아요? 총장파, 반총장파 서로 갈라서서 무슨무슨 학과를 없애느니 만드느니 하는데, 여기서 줄만 잘 서면 S대 팝 사업을 단단한 반석 위에 놓을 수 있겠더라고요. 거꾸로 교내 정치가 잘못 굴러가면 우리 사업이 제대로 타격을 입을지도 몰랐죠. 그야말로 기회인 동시에 위기가 찾아온 셈이었으니 아주 무시하는 건 쓸 만한 옵션이 아닌 듯했습니다. 물론 거듭 하는 소리지만, 나중 일은 역시 나중 사람들에게 맡겨야 했어요. 하지만 괜한 책임감에 이번이 진짜 마지막이라며 또다시 손을 대고 말았다니까요.

　마침맞게 총장파 쪽에서 먼저 접촉해 왔습니다. 제법 톡톡한 보상까지 제시하면서 말입니다. 그럴 만도 하죠. S대에 조용히 수완 좋은 인물로 나만 한 사람이 있겠어요? 캠퍼스 돌아가는 사정 아는 사람이라면 누구나 절 찾아오겠죠. 오히려 부탁해 온 일이 너무 간단해서 좀 실망스러울 정도였습니다. S대 대학 본부가 용역을 고용했다느니, 반총장파를 두들겨 팼다느니 하는 루머를 하나 흘려달라고 하더라고요. 단, 상황이 다 끝난 뒤에도 소문이 어디서 어떻게 돌기 시작했는지 절대 알려지면 안 된다고 못을 박더군요.

　그러자면 결국 외부인을 끌어들여야 하지 않습니까? 학생 사회란 게 생각보다 좁아서, 정신 차려보면 비밀이 없단 말이지. 하지만 제게는 ASR이 있었죠. 바로 행동단 멍청이들에게 연락을 넣었습니다. 평소 하던 일과는 다르지만 보수는 섭섭지 않게 챙겨주겠다는 말과 함께요. 퍽 세심한 작전 계획을 전달했으니 그 뒤론 팔짱을 끼고 상황이 어떻게 돌아가는지 지켜볼 일만 남았다 싶었죠.

글쎄요. 과정이야 어찌 됐든, 망할 대학 정치 때문에 끝내 교내엔 피바람까지 일었어요. 제 살뜰한 일처리 덕분에 당연히 판은 총장파에게 유리하게 굴러 갔습니다. 하지만 사태가 커진 탓에 경찰이 교내에까지 드나들기 시작했습니다. 그 탓에 당분간은 팝 사업이 마비되다시피 했죠. 물론 경찰들이야 상황만 가라앉으면 다시 S대에서 관심을 끊을 테니 큰 문제는 아니었습니다.

진짜 말썽은 ASR 쪽에서 일어났어요. 어차피 연을 끊을 생각이었고 괜한 지출도 슬슬 아깝던 참이니 S대에 소문을 퍼뜨린 뒤로 지원이며 연락을 싹 끊었단 말이죠. 지금껏 ASR하곤 웹으로만 연락했으니, 이쪽에서 흔적만 잘 없애면 될 줄 알았습니다. 돈줄을 잃어 속앓이를 하겠지만 자기네가 뭘 어떻게 알고 저나 우리 조직을 해코지하겠습니까?

그런데 S대 사태가 대충 정리되고 얼마 뒤였습니다. 꽤 늦은 밤, 슬슬 집에 가려고 교내 주차장으로 가는데 뭔가 느낌이 쎄하더라고요. 슬그머니 돌아나와선 멀리서 주차장을 지켜봤습니다. 그랬더니 세상에, ASR 놈들이 하나둘씩 구석에서 튀어나와 두리번거리더군요. 그 패거리도 한참 저를 기다리다 낌새가 이상하다는 걸 눈치챘겠죠. 한끗 차이로 하마터면 큰일을 당할 뻔했습니다.

그 머저리들이 저를 어떻게 알았을까요? '익명의 독지가'가 남긴 발자취는 제대로 다 지웠을 텐데. 어쨌든, 그 이후로는 벌건 대낮에 대로도 마음 편히 걷지 못했습니다. 나름 음지에서 장사를 하는 폼이라 마련해뒀던 세이프하우스를 전전하는 꼴이었어요. 우리 애들 중에서도 제일 신뢰하는 녀석들만 제 거취를 알았죠. 그나마 다행이랄까, 사업은 이미 본 궤도에 오른 참이라 제가 직접 손대지 않아도 알아서 굴러갔지만… 제 원대한 은퇴 계획이며 인생 설계는 단단히 어그러졌지 뭡니까. 젠장맞을. 학교로부터 퍽 후한 보상을 받을 계획이었단 말입니다! 훌륭한 퇴직금이 되었을 텐데! 하지만 대학 본부에게 약속을 지키라고 보챌 여유조차 없었습니다. 일단 사람 목숨 따위 우습게 아는 테러리스트한테서 도망치기에 바빴으니까요.

이렇듯 상황이 성대하게 엉망이었지만 살길은 있는 법입니다. 선견지명이 있다면 말이죠. 진작 일선에서 물러날 준비를 하며 제 대신 팝 사업을 맡도록 후배 하나를 키웠더랬죠. 내 말이면 죽는 시늉이라도 할 친구인데, 덕분에 어떻게든 활로를 만들었다

이겁니다.

우선 조직에 도는 여윳돈을 싹싹 긁어모았습니다. 돈이야말로 세상을 돌게 하는 혈액이니, 어디서 뭘 하든 일단 자금이 있어야지. 위장 신분을 만들고 해외로 나갈 준비를 하면서 돈이야 많이 축났지만 시간은 그다지 들지 않았어요. 웃돈 넉넉히 쥐여주면 3개월로 떡을 치더군요.

진짜 문제는 계획에 없던 유배 생활에 숨구멍이라도 틔워두는 일이었습니다. 할 일도 없이 방구석에 처박혀선 바리바리 싸 들고 간 돈만 쳐다보며 살 수는 없었단 말이죠. 그렇게는 오래 버틸 수도 없고, 시간 낭비지. 그래서 대만에 지낼 곳을 마련하며 그곳 대학 내 마약 판매 조직과 접촉해 스콜라를 생산, 판매할 권리를 얻어내려고 애를 바득바득 썼습니다. 이게 또, S대와는 달리 그쪽 대학 유통망은 흑사회가 꽉 잡고 있어서, 늑대 피하려다 범 아가리에 뛰어드는 것 같다는 느낌을 지울 수 없더군요. 게다가 대학 졸업하면 마약과는 아주 작별할 생각이었는데 거꾸로 재결합한 꼴이었고. 하지만 당장 가진 제일 큰 자산이 달리 없으니까, 뭐.

그러다 성공적인 협상을 이끌어낸 게 지난 목요일이었어요. 젠장, 진짜 기념비적인 날이었다니까요?

진심으로 일이 제법 잘 풀렸습니다. 그야 내가 나름 실적이 있으니 그랬겠지만, 꽤 힘 있는 간부에게서 보호해주겠다는 약속까지 받아냈어요. 그쪽 조직에 스콜라 레시피를 내놓는 건 물론, 다른 상품도 연구, 개발해야 한다는 조건이 붙었지만. 다른 말로 풀어보자면 연구관리직 자리 하나 내주겠다는 이야기니까 말입니다.

이야, 새옹지마가 따로 없지. ASR이니 뭐니 상황이 복잡한 탓에 성대한 파티는 열 수 없었지만, 아무래도 소소한 자축연이나마 벌여야겠더군요. 저희가 파티용으로 파는 물건 중에서 코르크도 따지 않은 샴페인에 팝을 주입한 이른바 '팝페인'이라는 게 있거든요? 열지도 않은 병에 약을 넣는 방법이야 영업 비밀이지만, 이게 또 인기 상품이라 이겁니다. 기획 단계에서부터 딱 느낌이 온다 했는데, 아니나 다를까, 역시나였다는 이야기죠. 어쨌든 약이나 다른 술이며 안주 거리야 쌓아뒀는데 하필 터뜨릴 팝페인이 없어서, 아까 이야기한 후배 녀석한테 바로 연락했습니다.

충직한 친구답게 그날 저녁에 곧바로 한 병 싸들고 세이프하우스로 찾아왔더군요. 들고 온 것도 무려 돔 페리뇽 로제 빈티지 2033 베이로스 에디션! 같이 샴페인을 터뜨리고 잔도 기울이자고 했지만 한사코 바쁜 일이 있으니 곧 다시 오겠다며, 문지방도 넘지 않고 뒤돌아 뛰어갔습니다. 좀 섭섭한 일이었지만 뭐 어쩌겠습니까? 공사다망한 현직을 은퇴나 준비하는 뒷방 늙은이가 붙잡을 순 없는 일이니. 사실 서운할 틈조차 없었어요. 샴페인을 주방에 가져다 놓기 무섭게 현관 초인종이 다시 울리지 뭡니까? 아하, 이 녀석이 그새 생각이 바뀌어서 발걸음을 돌이켰구나 하고선 별생각 없이 벌컥 문을 열어버렸습니다. 한동안 도망자처럼 지내느라 내심 적적했던 거죠, 저도.

씨발, 물론 현관으로 와르르 쏟아져 들어온 건 다름 아닌 ASR 패거리였습니다. 혹시나 싶어 세이프 하우스로 들어오는 코너마다 경보 장치도 달아놨는데 다 허사였던 겁니다. 아마 후배가 저 들어오며 꺼놓고선 바쁘다고 정신이 없어 다시 스위치를 안 올려뒀겠죠. 빌어먹을, 도대체 왜 이런 자잘한 것까지 내가 직접 신경 쓰지 않으면 꼭 사고가 나는 건지!

행동단 놈들은 날 정신도 못 차릴 만큼 신나게 두들겨 패곤 꽁꽁 묶어 서재에 내팽겨쳤습니다. 으, 지금도 등허리가 쑤신다니까요? 보세요. 아직도 얼굴에 부기가 다 안 빠졌죠? 덕분에 그 깡패들이 거실을 폭파하는 동안, 난 안 죽고 간신히 살았죠. 대신 무슨 일이 벌어진 건지 전혀 모르니, 혹시 궁금하시면 경찰이나 ASR 놈한테나 들으십시오.

새옹지마라면 새옹지마지만 참, 이 꼴입니다. 이젠 꼼짝없이 철창신세를 져야 할 판이니. 아니, 조사랍시고 사람을 가둬놓고 뭐 하나 이야기해주는 게 없으니 그날 저녁 대체 뭐가 어떻게 터진 건지 전혀 알 수가 없어요! 내 집인데! 말이 됩니까, 이게? 나중에 경찰 쪽에 말이라도 좀 넣어주세요. 조사는 조사고 사람 권리는 좀 지켜달라고. 집은 어떻게 됐고, S대에 있는 내 조직은 어떻게 됐는지 이야기만이라도 좀 해주라고 말입니다.

3

보스… 아니, 선배하고는 이야기해보셨습니까? 어때요? 자기가 무슨 차기 에스코바도르라도 된 줄 아는데, 막상 까보면 야망은 한강만 해도 그릇은 소주잔이라니까요. 뭐, 거꾸로 그 비대한 자아에 걷잡을 수 없는 허영심만 따져보면, 벌써 에스코바도르 싸대기를 쳤죠. 어떤 의미에선 소원 성취했네요, 선배는.

작가님과 이야기할 때, 자기가 무슨 거대 조직이라도 세워 불멸의 업적이라도 이룬 양 허세를 떨었겠죠? 그야 돈이 제법 돌고 사람도 많이 얽혔으니, 처음엔 저도 꽤 즐겼다니까요. 복작복작하게 뭔가 하는 거 같고, 일도 흥하고, 보람도 있고. 그렇게 딱 즐거울 정도로, 보람찬 수준으로만 계속 끌고 갔으면 얼마나 좋았겠어요? 근데 꼭 망할 때까지 일을 키우는 사람들이 있어요. 딱 선배가 그렇죠.

저는 고등학생 때부터 뒤에서 약 좀 팔아본, 말하자면 경력직이랄까요? 그렇다고 대단한 사업을 했단 소린 아니고요. 그냥 나 쓸 거 살 때 몇 봉지 더 구해놓고 조금씩 용돈 벌이나 하는 식이었죠. 버섯, 떨, 농축 카페인정, 학습 보조제 등등. 학교는 제법 이름 있는 사립고였어요. 공부 잘하고 집안 사정도 넉넉한 애들이 모인. 덕분에 놀고 싶어서든 공부 때문에든 약이 필요하단 친구가 끊길 일은 없었네요.

진학했다고 배운 가락을 잊을 수도, 잊을 까닭도 없죠. S대에서도 고등학생 시절처럼 필요하단 사람에게 필요한 만큼만 조금씩 팔아줬어요. 믿을 수 있는 사람에게, 위험하지 않은 정도로만. 그러다 보니 언제부터인가 파티란 파티에서 죄다 저를 찾지 않겠어요? 나 없이는 파티가 성립하지 않는다나 뭐라나. S대에 팝 공급자는 나 말고도 제법 많았는데, 그만큼 제 물건 품질이 좋았다 이거죠.

그러던 어느 날, 누구 생일 파티였던 것 같은데, 여느 때처럼 적당히 놀면서 파티용 팝도 팔고 있었거든요. 한데 한쪽 구석 벽에 혼자 기대서는 지루한 듯 불편한 듯 애꿎은 화분만 노려보는 손님이 있잖아요? 아니, 본인 기분도, 남들 분위기도 망칠 거면 이런 자릴 왜 오지? 그래서 별 대단한 기대 없이 슬쩍 영업을 걸었습니다.

"지루하신 모양이에요? 기분 띄울 것 좀 드릴까요? 원하시면 추천도 해드리고요."

"뭘요?"

"팝이요!"

여전히 무슨 소리인지 모르겠단 표정이기에 이야기를 조금 더 풀어줬습니다.

"약이요, 약. 빌어먹을. 크랙, 메스, 물뽕, 헤로인 등등은 저도 안 쓰는 거라 안 팔고, 그쪽 무드 보니까 카페인은 필요 없겠네요. 버섯 아니면 떨? 블루필도 챙겨 왔지만 그건 상급자용이라 말이죠."

순간 눈빛이 묘하게 반짝하는데, 저도 모르게 등에 소름이 돋더라고요. 그래서 그날은 샘플이라고 떨이나 조금 쥐여주고 돌아섰습니다만, 몇 주인가 지나고 난 뒤에 절 어떻게 알고 찾아왔지 뭐예요? 그러곤 대뜸 한다는 소리가 사업 키워볼 생각 없냐는 겁니다.

일단 저도 부모님이 회사 운영하시고, 대충 뭐가 될지 안 될지 보는 눈은 있다고 생각하거든요? 그렇게까지 할 마음이 없을 뿐이지. 그런데 그 며칠 사이에 이 수상쩍은 인간이, 뭐 이때는 이미 서로 소개하고 전 그 인간을 선배라고 부르기 시작했지만, 벌써 S대 팝 시장을 싹 조사해 온 거예요. 기존 판을 싹 풀어놓고 보자니 일목요연하더군요. 중구난방, 주먹구구. 그야, 판매책마다 자기 구역 정도는 있었지만, 다들 대단한 체계도 없이 용돈이나 벌자는 마인드였으니까요. 학교 무사히 졸업해서 적당히 괜찮은 직장을 잡으려면 딱 즐기는 정도로만 해야지, 큰 말썽은 안 만들고 싶다는 거죠. S대 학생이니까 당연하지, 뭐.

근데 선배는 S대 팝 시장을 다 휘어잡을 수 있다며 크지도 않은 목소리로 열변을 늘어놓는데, 그 들뜬 열의며 희망이 묘하게 사람을 끌어들이는 힘이 있지 않겠어요? 세상에, 이쯤에서 이거 한 가지는 인정해야겠어요. 제 눈이 단춧구멍이라 사람 볼 줄 모른다는 거. 그야 히틀러도 카리스마는 있었겠지, 그 바람에 베를린에는 소련 국기까지 꽂혔고. 가장 큰 문제는, 이 파블로 꿈나무하고 일을 하면 퍽 재밌겠더라는 거죠. 그걸 어떻게 거절해요?

그리고 말씀드렸듯, 첫 해엔 정말 끝내줬죠. 화공 쪽 친구들 꼬셔서 팝 포뮬러도 개발하고, 농생대며 학내 연구소를 통해 원료를 입수하는 루트도 만들고, 몰래 팝 제조할 장소도 군데군데 차려놓고. 진짜 갱단이라도 된 듯해서 두근두근했습니다. 그런 거 은근 로망이잖아요. 일단 고생해서 시스템을 만들어 놓으니 곧 고객도 협력자도 늘어났습니다. 그러지 않겠어요? 우린 고품질 상품을 합리적인 가격에 안정적으로 공급할 능력을 갖췄으니까요.

물론 저하고 선배가 건설하는 팝 왕국을 마음에 안 들어 하는 학생도 많았어요. 고객을 뺏기는 건 큰 문제가 아니었죠. 애초에 브랜드 충성도가 높은 바닥도 아닌걸요. 하지만 다들 팝 시장이 지나치게 떠들썩해져서 바깥에 노출될까 봐, 그게 무서웠던 겁니다. 그야 장사가 장사니만큼 만천하에 드러났다간 다 함께 좆되는 거잖아요. 그래서 우리하고 본격적으로 부딪힐 거 같으면 저쪽에서 먼저 '에라이, 똥이 무서워서 피하냐'면서 손 털고 마는 식이었는데, 선배는 이게 또 자기가 잘나서 그러는 줄 알았어요.

저도 옆에서 살살 '우리도 적당히 해야지, 너무 나대면 좋지 않다' 수없이 말했어요. 근데 왜 그런 사람 있잖아요, 자기 듣고 싶은 대로만 듣는? 내 입만 아프지, 뭐. 그나마 헤로인이나 코카인 같은 물건은 손 안 대도록 한 게 성과라면 성과겠네요. 겁을 왕창 줬거든요. 그쪽 물건은 마피아 같은 국제 범죄 조직이 꽉 잡고 있어서 잘못하면 바로 황천행이라고 말이지. 아주 틀린 말도 아니고.

근데 선배가 4학년이 되면서 슬슬 돈독이 올랐습니다. 그도 그럴 게 졸업이 다가오는데 팝 장사 한다고 성적 관리는 손 놨으니, 에휴. 다들 약 팔면서도 공부는 또 알아서 챙기거든요. 저만 해도 A 못 받은 과목은 한 손에 꼽고 말이죠. 근데 이 멍청이는 무슨 생각인지 대단치도 않은 돈벌이에 올인하더니, 졸업할 때 다가오니까 아차 싶었던 겁니다.

그맘때엔 이미 자기더러 보스라 부르라고 한 지 오래거든요. 기껏 같이 땀 흘려놨더니 날 부하 취급이나 하고. 점점 목줄 잡기 어렵겠다 싶을 때, 마침 교내에 DD, 그러니까 전자마약이 돌기 시작했어요. 선배는 누가 감히 자기 구역을 건드리느냐며 눈을 시뻘겋게 떴죠. 덕분에 사업을 밖으로 확장하겠다느니, 넷으로 팝을 유통하겠다느니, 하는 흰소리도 좀 잠잠해졌고 말이죠. 어차피 좀 있으면 선배도 졸업이니, 이걸로 시간 좀 끌다가 조용히 은퇴시켜야겠다 싶었습니다. 그래서 전 선배 뒤에서 DD가 유통될 수 있도록 슬쩍슬쩍 끈을 풀어줬어요. 제 생각이 짧았죠. 이 정신 나간 인간이 DD 잡겠다고 있는 돈 없는 돈 긁어모아서 사회재생단을, ASR이라는 테러 집단을 만들어버린 겁니다! 나한테는 아무 상의도 없이!

늦게나마 손 떼게 하려 애써봤지만 들어 처먹어야 말이죠. 그래놓고는 디지톨로지가 어쩌고, S대 팝 시장을 보호하고 어쩌고 하는데… 그때야 뒤늦게 깨달았죠. 아, 선배는 졸업한 뒤에도 팝 사업에서 발을 뺄 생각이 없구나. 감당도 못할 짓을 벌이다 조만간 폭주해서 역대급으로 자폭하겠구나. 와, 잘못하다간 선배 새끼 병신 짓에 말려들겠다.

이야기했잖아요, 제가 사람 보는 눈이 없는 모양이라고. 어쨌든 그적부턴 선배를 '강제 은퇴'시킬 방법을 찾기 시작했습니다. 한 사람 때문에 사업이며 엮인 인생들까지 줄줄이 다 말아먹고 싶진 않았으니까요.

다행이랄까 선배가 꼼꼼한 사람이 아니거든요. 작

년 학내 분쟁 때 분위기가 좀 이상하기에 몰래 뒤를 캐봤죠. 역시나, 또 저한테는 언질도 없이 대학 본부하고 거래를 했더군요. 무슨 일을 이렇게 자꾸 벌이는지. 총장님네를 도와드리면 교내 매점 몇 군데 운영권을 주겠다고 했다나 뭐라나. 이건 또 무슨 수작인지, 어떻게 봐도 자기네 손 안 더럽히고 나중에 꼬리 자를 준비까지 해둔 모양이었거든요. 근데 그걸 또 덥석 물었어요, 이 얼간이가.

선배는 ASR을 시켜 그 더러운 일을 처리했고, 그래놓고는 자기도 슬슬 감당 안 되겠다 싶었는지 ASR하고는 연을 끊었다는데, 어떻게 봐도 최악의 타이밍이잖아요? 테러리스트들한테 일을 시켜놓고는 끝나니까 이젠 각자 갈 길 가자고? 잘도 되겠다.

먼저 움직이지 않으면 상황을 통제할 수 없겠다 싶어, 조심스럽지만 빠르게 일을 진행했습니다. 일단 선배가 사업에 더는 신경 못 쓰게 겁을 좀 줬어요. 믿음직한 조직원 몇몇에게 부탁을 했죠. ASR인 척 협박 편지를 보내든, 차에다 닭피를 뿌리든 아주 기겁을 하게 만들라고. 근데 원래 에고이스트가 겁쟁이인 법이거든요. 제 부하들이 자기 뒤를 밟는 걸 알아차리더니, 걔들이 뭘 해보기도 전에 알아서 세이프하우스에 틀어박히는 거 있죠?

뭐, 선배를 치우고 나선 조직을 슬슬 정리했습니다. 거품 낀 부분은 싹 도려내고, 필요할 땐 손쉽게 은폐할 수 있도록 체제를 가볍게 만들었어요. 하지만 이래놓고 선배가 또 슬슬 기어 나오면 말짱 도루묵이 될까 걱정이 들잖아요? 그래서 아예 최후의 한 방을 넣기로 마음먹었죠.

우선 ASR에 슬쩍 접촉해선 당신들 써먹고 버린 사람이 선배라고 알려줬습니다. 아니나 다를까 분기탱천, 바로 캠퍼스로 뛰어들어 가려 날뛰지 뭐예요? 그래서 지금은 안전가옥에 숨어 있다, 은신처를 자주 바꿀 뿐 아니라 이런저런 보안 시스템도 둘러쳐놔서 놓치기 십상이라며 겨우 말렸죠. 대신 내가 좋은 기회를 잡아서 길을 안내해줄 테니, 그 뒤는 알아서 하시라 했더니 두 번 생각 않고 그러마 하더군요. 그러면 뭐, 선배는 ASR이 알아서 잘 담가주겠죠? 일을 친 뒤에 혹 행동단이 체포되더라도 그건 나중 일이고, 또 믿는 구석도 있고.

마침 지난주 목요일에 선배에게서 연락이 왔습니다. 자기가 해외 무슨 마피아인지 뭔지하고 거래를 성사시켰다는 거예요, 미친. 그걸 축하하고 싶다고 팝페인… 그러니까 팝 넣은 샴페인을 가져오라대요. 일 크게 벌이지 말라고 아무리 이야기해도 소용이 없다니까, 진짜. 하지만 기회는 기회죠? 바로 ASR에 연락을 넣어 멀리서 따라오라고 하고 시간 맞춰 선배가 숨어 있는 곳으로 향했습니다. 선배가 은신처가는 길에 CCTV며 경보기 같은 걸 설치해놨거든요. 피할 건 피하고, 슬쩍 끌 수 있는 건 끄고. 행동단 친구들 잘 따라오라고 어지간히 번거로운 짓을 했습니다. 그래도 가는 길에 큰 사고는 없었어요.

아, 딱 하나. 별 대단찮은 일이긴 한데 중간에 싸움을 마주치긴 했습니다. 조금 서두르다가 골목 갈림길에서 성대하게 굴렀어요. 빌어먹을, 그 때문에 무릎도 다 까지고. 바닥에 나동그라져선 무슨 일인가 고개를 들어봤더니 갈림길 길목에 웬 서류 가방이 누워 있는 거예요. 그 가방에 발이 걸리는 바람에 넘어진 거죠. 들고 가던 샴페인 병은 어딜 갔는지 보이질 않고…. 짜증이 치솟으려는 차에, 가만히 보니 잃어버린 줄 알았던 샴페인은 머리맡에 뒹굴고 있었습니다.

다행이다 생각하며 병을 주워 들었는데, 누가 이딴 데 가방을 뒀나 싶어 화도 나잖아요? 바쁘긴 했지만, 얼굴이나 보자 싶어 길목을 돌아가는데, 퍽퍽 두들기는 소리, 끙끙 앓는 소리, 용서해달라고 찔찔 비는 소리… 골목 안쪽을 보니, 검은 정장을 입은 남자가 동네 건달 몇을 잘근잘근 밟아주고 있는 게 아니겠어요? 하필 그 남자하고 눈이 마주치는 순간엔 가슴이 철렁했습니다. 다행히 남자는 턱짓으로 조용히 꺼지라는 신호를 보내더군요. 괜한 데 얽히고 싶지 않았던 저야 물론 조용히 꺼졌고요.

어쨌든 그렇게 안전가옥에 도착하니 선배가 절 퍽 반기며 자리에 앉히려 들었어요. 자기가 어떻게 대만 쪽 조직과 접촉해 계약을 맺었는지, 자신은 물론 우리 S대 팝 시장에는 또 얼마나 큰 기회인지 한참을 떠들어대면서 말이죠. 저야 그 허세며 장광설에 진작 익숙해져서 적당히 흘려들을 줄 알거든요. 지금 당장은 급하게 처리할 일이 있다, 나중에 시간 봐서 다시 오겠다고 둘러대고선 현관을 빠져나왔습니다.

그러고선 ASR이 선배를 어떻게 했는지, 제가 기대한 대로 완전히 마무리를 지었는지 어쨌는지 소식을 기다리는데, 금요일 내내 아무 기별이 없었어요. 그래서 상황이 어찌 돌아가는지 한번 직접 가서 봐야 하나, 하고 있는데 ASR이 쳐들어간 안전가옥이 아예 폭발했다는 거예요. 와, 정신 나간 놈들, 적당히 사람만 치울 것이지 애꿎은 집은 왜 날려? 이런 미치광이들을 통제할 수 있다고 믿다니, 선배도 어지간히 멍청한 거죠, 진짜.

그러곤 얼마 안 있어 갑자기 경찰에 연행돼버려선 지금 이 꼴이 됐네요. 알고 보니 경찰은 S대에서 마약이 암암리에 오가는 걸 이미 알고 있었더라고요. 하지만 S대를 건드리기는 정치적 부담도 있었고, 마약이랍시고 파는 것도 버섯이네 대마네 하는 시시한 물건뿐이었으니까요. 인력도 넉넉지 않은 경찰 입장에선 가끔 단속 한 번씩 돌려서 수위 조절만 하고, 혹시 메스, 헤로인, 크랙 같은 진짜 위험 약물이 등장하면 그때나 팔을 걷어붙일 생각이었나 봐요.

하지만 S대 마약왕이 폭발에 휘말렸으니 어영부영 넘길 일이 아니게 되었겠죠?

그래서 선배는 살아 있나요? ASR은 어떻게 됐죠? 음… 솔직히 저한테 중요한 문제가 아니긴 해요. 이 난장판이 어떻게 흘러간들 전 유유히 빠져나갈 몸이거든요. 저는 집안 막내라 어지간히 철부지 짓을 하며 컸는데, 위로 누나가 하나 있어요. 정말 부모님의 자랑거리죠. 두 분은 누나한테 회사 물려준다고 꽤 어렸을 때부터 간부 훈련을 시켰거든요? 그랬으니 지금은 누나도 회사에서 제법 중역 급이란 말이에요. 나이 차가 꽤 나서 그런지 누나가 저를 퍽 예뻐해서 사이가 제법 좋아요. 어느 정도냐 하면, 지난번에 누나가 애인 생일 파티 열었을 때 제가 약을 조달했단 말이죠. 마리화나에 때마침 구한 LSD까지.

결론은, 여기서 내가 잘못되면 누나도 얽혀들게 마련이고, 부모님 회사까지 사달이 난단 거죠. 그러니 세 사람은 있는 힘을 다해 절 빼낼 수밖에 없어요. 그 뒤에야 해외로 내보내든 집 안에 가둬두든 하겠지만… 우리 가족은 이 귀여운 막내아들한테 오랫동안 화를 낼 수는 없다 이 말이에요.

그러니까 작가님, 인터뷰 시작하기 전에도 말씀드렸지만, 제가 한 이야기를 책으로 내는 건 좋아요. 단, 재판 끝나고 상황 다 정리된 다음이어야 합니다. 당연히 제 실명도 쓰면 안 되고요. 괜히 일을 꼬이게 만들 필요는 없잖아요? 작가님도 대형 로펌에서 고소장 받고 싶은 마음은 없겠죠?

〈라쇼몽〉에서는 한 사건을 둘러싸고 목격자와 당사자들의 증언이 모두 비슷하면서도 각자 엇갈립니다. 처음엔 단순한 사건 같았지만 증언을 들을수록 진상이 멀어지는 듯합니다. 그러한 상황에 누군가 탄식합니다. "두렵구나! 이제 사람을 어떻게 믿는단 말이냐!"

구로사와 아키라 감독은 "자신을 실제보다 더 낫게 꾸미기 위해 거짓말을 하지 않고는 못 배기는" 것이 인간이라고 이야기합니다. 이기주의가 인간 본성 깊숙이 뿌리박고 있다는 것입니다.

의도적인 거짓말은 차치하더라도 '객관성'은 달성하기 어려운 목표입니다. 사람은 심지어 무의식적으로 세계를 '편집'하여 인식하니까요. 애초에 편집을 거치지 않고 모든 정보를 수용하기란 불가능합니다. 그래서 경험은 필연적으로 주관성에 얽매입니다.

하지만 편집에는 딜레마가 따라옵니다. 무언가를 빼고 무언가는 남겨야 합니다. 어떤 것을 강조하고 다른 것은 축소해야 합니다. 그 기준을 우리가 오롯이 스스로 정하는 것조차 아닙니다. 그 탓에 어느새 편견에 휘말려 세상을 잘못 이해하는 일도 있습니다.

여기에 옳고 그름, 귀함과 천함, 아름다움과 추함까지 엮이기 시작하면 답도 없습니다. 세상에는 분명 옳은 일이 있고 그른 일이 있습니다. 아름다운 것이 있고 가만두기 흉한 것이 있습니다. 다만 이들을 단순명료하게 구분할 방법만은 없는 듯합니다.

그래서 누군가에게는 영광스러운 왕국이 다른 이에게는 한심한 불장난일 때도 있습니다. S대 마약왕 이야기에서처럼요. 뭔가 이루었다, 뭔가 되었다며 으스대는 모습마저 누군가에겐 광대놀음에 지나지 않는 겁니다.

물론 내가 만족하면 그만일지도 모릅니다. 하지만 객관성을 잃어버린 세계에서 각자 자기 보기 좋은 대로만 행하면, 내가 방에 들어앉아 제국을 경영하는 꿈을 꿀

때, 다른 누군가는 그 방에다가 폭탄을 터뜨립니다.

제가 보고 경험하는 주관성을 벗어던진 실제 세상은 어떤 모습일까요? 제가 듣고 이해한 역사가 아닌 실제 역사는 어떤 모습일까요? 멈추지 않는 고민이지만, 해결할 수 없는 불가사의입니다. 다만 제 방에 들어앉아 있으면 스스로 얼마나 외진 곳에 있는지조차 알 수 없겠죠.

그래서라고 할까, (작가 주제에) 말하기보단 듣기에 더 열심을 내려 합니다. 입을 다물고 조금 더 많이 들으면 약간은 아집에서 벗어날 수 있지 않을까 기대합니다. 문제는 이게 참 쉽지 않다는 점입니다. 매번 말을 꺼내곤 무릎을 치며 후회합니다. 또 무식한 소리를 했네, 잘 알지도 못하면서 아는 척 꾸몄네 하면서. 구로사와 아키라의 지적이 마음을 후벼 팝니다.

그런 의미에서 시간 내서 〈라쇼몽〉을 다시 한 번 봐야겠네요. 글 쓴답시고 또 후회할 짓 하기 전에 말입니다.

죄인들의 정치학

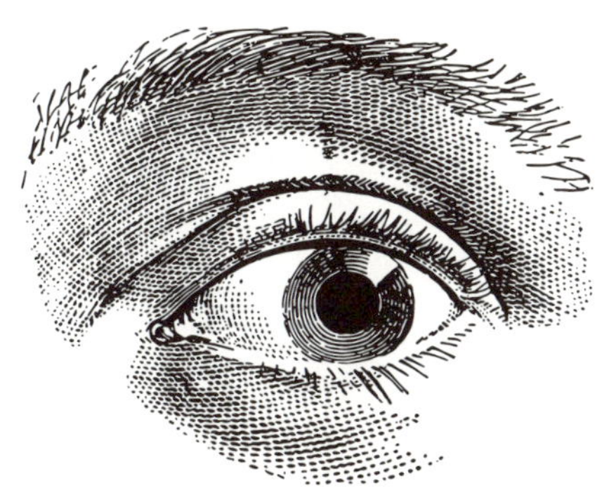

룸에 들어서며, A는 눈살을 찌푸렸다. 멋쩍게 머리를 긁으며 엉거주춤 인사하는 C도, 굳이 웃으며 악수를 청하는 B도 마음에 들지 않았다. 마음 같아선 그대로 뒤돌아 나가고 싶었지만 그럴 수 없었다. 친하기는커녕 이야기도 제대로 나눠본 적 없는 세 사람이 한 식탁에 둘러 모인 데에는 이유가 있는 법이다.

B라고 A가 반가워서 웃은 건 아니었다. 지난밤, B는 무려 총을 들고 습격해 온 괴한에게서 가까스로

목숨을 건졌다. 고된 야근을 마치고 비좁은 원룸으로 돌아오던 길이었다. 집 근처에 이르러 '저 가로등, 어제는 멀쩡하지 않았나?' 생각하는데, 뒷덜미부터 싸늘하게 소름이 돋았다. 흠칫 움츠리며 뒤를 돌아보았다. 그때 공기가 날카롭게 떨리며 뒤통수를 스쳤고, 동시에 어깨 너머로 뭔가 깨지는 소리가 났다. 어두운 거리를 배경으로 누군가 이쪽을 향해 서 있는 모습이 눈에 들어왔다. B는 상대가 총을 들었다는 사실을 곧바로 알아차렸다. 언젠가 이런 일이 벌어지지 않을까 예감하고 있었기 때문이다. 그렇다고 놀라지 않을 수는 없는 노릇이어서, 혼비백산한 채 큰 도로 쪽으로 내달렸다. 결국 B가 살아남은 건 순전히 우연이었다. 혹은 C가 아직 철이 들지 않은 덕분이거나.

B가 생존이 걸린 골목 추격전을 벌이던 그 시각, C는 신나게 액셀을 밟고 있었다. 아주 무책임한 행동이었다. 보도가 따로 없는 1차선도로였다고는 해도 애초에 알코올이 알딸딸하게 올라온 상태에서는 운전대를 잡지 말아야 했다. 헤어진 애인이 누군가와 연애를 시작했다는 이야기를 들었고, 평소에 어울려 다니던 친구들이 오늘따라 다들 바빴던 데다, 아버지에게 불려가 내리 두 시간 반 동안 설교를 들었다

해도 말이다. 구태여 자동운전까지 끄고 내키는 대로 차를 모는 게 술버릇이라면, 게다가 그 차가 최신 모델처럼 온갖 사고 예방 장치 세례를 받지 않은 앤티크라면 특히 조심해야 했다. 지금껏 경찰 단속이나 큰 사고를 피할 수 있었던 건 그저 운이 좋았을 따름이다.

C가 좁은 도로를 한동안 달리는데, 오른쪽 외진 길에서 B가 갑자기 튀어나왔다. 총을 든 괴한이 그 뒤에 따라붙었다. 취하지 않았다 해도 제때 반응하긴 쉽지 않았을 것이다. C는 급히 브레이크를 밟았지만 너무 늦었다. B는 달려드는 차를 종이 한 장 차이로 피했지만 추격자는 그러지 못했다. 결국 그날 소동은 청부업자와 C, B가 각자 죽은 사람, 죽인 사람, 죽을 뻔한 사람이 되면서 막을 내렸다. 교통사고가 일어나지 않았다면 각자 역할이 바뀌었으리라. 죽인 사람, 죽일 뻔한 사람, 죽은 사람으로. 그럼 C가 이미 사고를 친 이 상황에서, '죽일 뻔한 사람'은 누구일까? 즉 누가 살인을 교사했는가, 하는 말이다. 짚이는 구석도 있었고 재주도 갖췄기에 B는 어렵지 않게 상대를 특정했다. 바로 A였다.

A는 나란히 앉은 B와 C의 테이블 맞은편에 털썩 주저앉고는 턱짓하며 내뱉었다.

"그래, 이 학생 덕에 B 선생이 살아남았다는 거네요?"

"C 씨 역할이 컸죠. 거기에 교수님의 넉넉지 않은 지갑 사정도 한 몫 단단히 했을 걸요? 더 비싼 사람을 구하셨으면 초장에 확실히 끝장났을 텐데. 잘 준비해놓고서 정작 총 쏘는 게 그렇게 어설퍼서야."

B는 A가 빈정거리는 소리를 태연한 척 받아쳤다. 애초에 이 어색한 회합을 마련한 사람도 B였다. C와 함께 시체를 치우고 범퍼, 보닛에 윈드실드까지 엉망이 된 앤티크를 뒤탈 나지 않게 폐차한 뒤, A를 찾아 연락하니 하룻밤이 훌쩍 지났다.

한편 A라고 더 좋은, 더 비싼 사람을 쓰고 싶지 않았을까. 하지만 쥐꼬리만도 못한 시간제 강사 벌이로는 어쩔 도리가 없었다. A도 이전에는 지방사립대의 번듯한 정교수였다. 그러나 학생 수가 계속 줄어들었다. 대학들이 곧 그 뒤를 따랐다. 지방 군소 사립대학이 하나둘 문을 닫자 강단을 잃은 교수들은 시장으로 쫓겨났다. A도 예외는 아니었다. 심지어 A는 정치학, 정치이론 전공이었다. 이 인기 없는 공부로는 S대 강사직을 얻는 것만도 쉽지 않았다. 아득바득 발버둥치는 사이에 저금은 어디론가 술술 다 새어나갔다.

그러던 중, 무슨 수를 썼는지 S대 교무처 계약직 직원 B가 음성 파일 하나를 보내 왔다. A의 통화 내용이었다. 세간에 공개되면 이 시간제 강사의 얼마 남지 않은 희망을 완전히 가루로 만들 대화가 기록돼 있었다. B는 그 파일을 꼬투리 삼아 협박 갈취를 하려 들었다. 하지만 A로선 차라리 목돈을 들여서라도 B의 입을 영영 막고 싶었다. 거의 그럴 수 있을 뻔했다는 사실에 A는 더 부아가 치밀었다.

"그래, 내 지갑 상태야 뻔할 테지. 그런데도 벼룩의 간을 내어 처먹겠다고 나한테 수작을 걸어요?"

"솔직히 감당 못할 액수는 아니었잖아요? 나름 형평성을 따져서 부른 거예요."

"형평은 씹… 약점 잡고 협박하는 데에 형평이 어디 있어? 한 번 주기 시작하면 끝이 없지. 얼씨구나, 호구 하나 잡았다며 골수까지 빨아먹을 인간이."

"아이고. 그래서 우리 A 교수님께서는 큰맘 먹고 목돈 부어서 날 죽이려 하셨구나. 내가 돈 문제만큼은 트러블 없이 깔끔한 사람이에요. 차라리 그 돈을 날 줬으면 얼마나 깔끔하게 끝났어요?"

한편 C는 입씨름을 벌이는 두 사람이 영 성가시고 지루했다. 학생이 이런 식으로 교수를 마주하는 일부터가 유쾌할 리 없었다. 그제만 해도 A가 가르치는 정치학개론 교양 수업을 들었다. '이런 일에 엮였는데 학점은 괜찮을까?' 하는 의문도 스쳤다. 하지만 그건 아무래도 좋았다. 그제 강의는 고사하고 애초에 왜 이 수업을 선택했는지조차 기억나지 않았다.

아니, 영영 기억나지 않았으면 했다. 술을 마신 것도, 좁은 골목을 따라 미친 듯이 차를 몰았던 것도, 다 잊고 싶어 벌인 일이었다. 더 이상 안 되겠다며 떠난 옛 사랑이 새로운 인연을 만나 제법 잘 지낸다는 모양이었다. 그 소식을 듣기 전에도 C는 요즘 멍하니 허공을 보며 시간을 보내는 일이 많았다. 함께 시작했던 교양 수업을 혼자서, 일주일에 두 차례씩 꼬박꼬박 출석했지만 딱히 뭘 배우고 싶어서는 아니었다. 아니, 어디서든 뭐든 하고 싶은 게 당최 없었다. 그저 자신을 늘 따라다니는 지루함이 지긋지긋해 짜증이 치솟을 뿐이었다.

그런데 지난밤, 음주운전 중에 사람을 치고, B와 시신을 숨기고, 아끼던 차를 폐차하면서 뜻밖에도 마음이 들떴다. 이를테면 그토록 기다렸던 어떤 결정적 순간을 알리는 계시 같았다. 하지만 A와 B가 아웅다웅하는 사이에 껴 있자니 잔뜩 부풀었던 마음은 바람 빠지듯 쭈그러들기 시작했다. 마치 약기운이 가시는 듯했다.

마음이 조급해진 C가 신경전을 끊으며 끼어들었다.

"일단 죽은 사람을 어떻게 할지부터 이야기하면 안 될까요? B 선생님 냉장고에 계속 놔둘 순 없잖아요."

"냉장고라니 갑자기 그게 무슨 소리야? 설마…."

핀잔을 주려던 A는 C가 무슨 소리를 하는지 깨닫고 얼굴이 새하얘졌다.

"그러니까 시신을 댁 냉장고에 처박아놨다고? 왜 어디 야산에나 묻어버리거나 하지 않고 거기 둬요? 나중에 어쩌려고?"

"바빠서 그랬죠, 바빠서. 그렇다고 아무 데나 던져놓을 수도 없고. 거기 사고 난 데 싹 치우고, 차까지 처분한다고 얼마나 진땀 뺀 줄 아세요? 교수님께 연락드리고, 조용히 이야기할 수 있는 식당을 예약하고. 어젯밤엔 잠시 눈 붙일 여유도 없었다니까요."

말을 맺으며 B는 어깨를 으쓱해 보였다. A가 애써 마음을 가라앉히며 다시 물었다.

"그래서 왜 하필 냉장고에? 그쪽은 냉장고가 그렇게 큰가?"

"크기는 무슨. 일단 들쳐 메고 집에 올라왔는데, 언제 썩어서 냄새를 풍길지 모르겠잖아. 난들 좋아서 거기 놨겠어요? 음식 들어가는 데에?”

“제길, 치웠다고 하길래 난 어디 안 보이는 데에다 잘 묻은 줄 알았는데.”

“일단 길가에서 치웠다는 소리였죠, 그건.”

A는 엄지로 미간을 꾹꾹 눌렀다. 살인 청부는 실패했고, 통화 기록에 더해 시신과 목격자까지 남았다. 문제가 해결되기는커녕 새끼 치듯 늘어났다. 이제 이 일을 어떻게 수습해야 할까?

“그래요, 그래. 뒤처리야 어차피 해야 할 일이지. 하지만 그 전에 B 선생이 날 여기에 부른 용건부터 이야기해봐요. 설마 밥 맛있게 먹고 우정 쌓자는 건 아닐 테고.”

A가 힐난 섞인 질문을 던지자 B가 싱긋 웃으며 대답했다.

“우정 좋죠. 평화협정을 맺자는 겁니다. 교수님도 비밀이 새 나가는 건 싫잖아요? 저도 언제 또 목에 칼이 들어올지 몰라 노심초사하며 살고 싶지는 않거든요.”

시간제 강사는 머릿속으로 조용히 계산기를 두드렸다. 어딘가 아귀가 맞지 않았다.

“평화 같은 소릴 꺼내려면 패는 다 까야지. 내가 돈이 없지, 머리가 없어요? 당신 몸에 문제 생기면 곧바로 통화 기록 유출되게 해놓았다, 그 한마디만 해도 내가 더 이상 손을 못 댈 텐데. 그런데도 그쪽이 정말 내가 무서워서 보자고 했겠어요?”

게다가 냉장고에 든 시체도 B보다는 A에게 더 문제였다. 이 실패한 살인교사 사건에서 B는 피해자, A가 가해자 아닌가. 바빠서 냉장고에 넣어두긴 개뿔, 결국 이것도 교섭 카드인 셈이었다.

어느 모로 따져보든 A가 한없이 불리했다. 상대가 좀 더 고자세로 나온들 마땅한 대안도 없었으리라. 그러니 B가 날밤까지 새워가며 바쁘게 약속을 잡은 이유는 A가 아니었다. A가 모르는 무언가가 분명 더 있었다.

“다 어그러진 일에 힘쓰고 싶지 않은 것뿐입니다. 교수님하고 원만하게 해결을 봐야 저도 신경 안 쓰고 다른 일에 집중하죠. 교수님도 손해 볼 거 없지 않아요? 여러모로 본인한테 유리하지 않은데, 상황이.”

“그래, 그래서 미안하다 사랑한다 따듯한 포옹을 나눈 뒤엔? 파일은 그쪽이 계속 갖고? 그대로 약점 잡힌 채로 끝난다면 내가 영 개운치 않잖아.”

“그렇다고 제가 그걸 버릴 수도 없잖아요. 한밤중에 또 어느 암살자가 가정방문할 줄 알고. 저도 제 몸 지킬 방패 하나는 있어야죠.”

“그게 방패일까, 폭탄일까. B 선생도 알 테지. 힘 있고 위험한 사람들도 엮여 있다고. 그 덕에 내가 당신 이길 자신은 몰라도 같이 망할 자신은 확실히 있거든.”

“음성 파일 손보는 건 일도 아니에요. 그 힘 있는 분들은 숨기고 교수님 목소리는 잘 나오게. 그럼 혹시 일이 커져도 교수님만 버리는 패가 되고 끝나겠죠?”

“그럴 수도 있고, 아닐 수도 있지. 도박을 한번 해 보겠다는 거예요, B 선생?”

“도박이 아니라 평화 협상을 하고 싶다니까요.”

“그러니까 숨긴 패 까고 이야기하자고.”

A의 말이 끝나는 그때, 룸 문이 조용히 열렸다. 안에 앉은 세 사람은 순간 얼어붙었다. 열린 문으로 종업원이 들어와 차분히 상을 차리고는 영수증을 놓고 나갔다. 살짝 민망한 마음에 두 사람의 안색을 살피던 C는 처음에는 A, 이어 B와 눈이 마주치곤 그만 실소를 내뱉었다. 두 사람의 놀란 표정이 똑같이 가관이었기 때문이다.

이 꼴로 언제까지 지루한 줄다리기나 해야 할까 생각하던 C가 결국 입을 뗐다.

“결론만 말씀드리면, 이렇게 된 건 제가 얽혀서예

요."

　B가 황급히 C를 막으려 했지만 이미 엎질러진 물이었다. A는 B 얼굴에서 난감한 표정을 읽고 드디어 입가에 만족스러운 미소를 띠었다. 이제 B는 제 비밀을 내놓을 수밖에 없었다.

　B가 마지못해 털어놓은 이야기에 따르면 B와 C는 이 사달이 나기 전부터 아는 사이였다. C가 자기 아버지의 약점을 잡아 돈을 뜯어낼 때에 B가 도왔던 것이다.

　C야 어쨌든, B는 사람 약점으로 돈 버는 데에 진작 인이 박혔다. 거슬러 오르자면 중학생 시절부터 하던 일이었다. 그때야 가난한 집안 살림에 없는 용돈이나 벌어 썼다. 학생들이 벌인 크고 작은 비행을 덜미 잡아 점심값, 교재값 정도를 뜯어냈는데, 특히 시험 기간이 대목이었다.

　그런 B에게, C는 처음엔 그저 눈에 띄는 사냥감이었다. 잘나가는 부모를 둔 망나니 자식. 그런데 약점을 찾아 간을 보니, 자기 아버지를 향한 적개심이 심상찮았다. 부모 돈 받아 쓰는 애를 노리느니 애한테 돈을 주는 부모를 노려볼까? 아무리 벌어도 금새 동나는 잔고가 욕심에 부채질을 했다.

C를 향한 경멸감을 애써 참으며, B는 C에게 네 아버지를 털어보자고 제안했다. C는 무슨 재미난 장난이라도 작당하는 듯 좋다고 달려들었다. C가 빼돌린 회사 정보, 개인정보로 B는 C 아버지의 뒤를 캤고, 형사재판까지 갈 만한 건수를 몇 개 찾아냈다. 그중엔 누가 누굴 죽였느니 살렸느니 하는 이야기도 끼어 있었다. C는 이걸 빌미로 제 아버지에게서 한몫 톡톡히 받아냈다. 요트와 구하기도 힘든 앤티크 차는 덤이었다.

사실 아버지 면전에서 으름장을 놓으며, C는 내심 '자, 오늘이야말로 피를 보겠구나' 기대했다. 하지만 정작 아버지는 만면에 웃음을 지었다.

"이 녀석이 이제야 조금은 내 자식다운 짓을 하네!"

C가 치솟는 욕지거리를 속으로 삼키느라 애쓰는데, 아버지는 한마디를 더 보탰다.

"내 새끼한테야 나중에 줄 거 지금 주는 셈 치면 그만이지. 하지만 이걸 너 혼자 준비하진 않았을 거야. 그치? 내 새끼 도와준 남의 새끼는 잘 숨어 있으라 그래. 잡히면 죽는 거니까."

C의 아버지는 평범한 보안 솔루션 업체 오너가 아니었다. 클라이언트의 다양한 요구를 만족시키기 위

해 회사나 본인이나 음지에 한 다리를 걸치고 있었다. 그러나 채우는 게 남의 필요뿐일까. 과연 그 그림자가 얼마나 깊을지, B와 C는 자신들이 찾아낸 비밀만으로도 넉넉히 미루어 짐작할 수 있었다.

B는 그 즉시 C와 연락을 끊고 자기가 엮인 흔적도 모두 지웠다. 그래도 상대가 상대이니만큼, 일단 눈에 띈다면 아무것도 감출 수 없다고 봐야 했다. 시야 바깥에 숨죽이고 숨어 탐색 대상이 되지 않길 바랄 뿐이었다. 그 탓에 이 쏠쏠한 부업도 한동안 포기하고 있었다. 급전이 필요하지 않았다면 이번 일 역시 꿈도 꾸지 않았을 것이다.

"이제야 앞뒤가 좀 맞네. 부리나케 뒤처리하고 평화 회담을 열 만한데?"

"그렇죠. 제가 사고 낸 걸 알면 우리 영감님이 관련자를 싹 뒤질 테니까요. B 선생님은 현장에 있었고, 죽은 사람도 B 선생님을 쫓고 있었으니까… 당연히 눈에 들어오겠죠? 파보면 그간의 협박 전적이 나올 테고, 그럼 우리 영감님은 지난 추억을 떠올리곤 옳거니 하겠죠."

C는 어이없다는 듯 웃으며 덧붙였다.

"정작 이번에 제가 끼어든 건 완전히 우연이지만

요?”

결국 평화와 화해가 A와 B 모두에게 유익했다. 하지만 피차 자기 치사점이 드러난 이상, 상대가 아주 사라지길 바라는 것도 인지상정이었다. 협박범과 살인교사범이 손을 잡으려면 무엇이든 안전장치가 필요했다.

“어쨌든 선생은 그 통화 기록을 쥐고 있고 싶은 거잖아요?”

“그럼요. 교수님도 그 머릿속에서 제 비밀을 지워줄 수는 없겠고요.”

“그러면 차라리 이렇게 하면 어떨까? 한데 모아서 폭탄을 만드는 거야.”

“…풀어서 설명해주시죠.”

“그러니까 먼저 B 선생은 여러 사람을 협박 갈취한 증거를, 난 그 통화 내용하고 청부업자 고용 내역을 다 내놓고 한데 모으자고. C는 뭐 음주운전 과실 치사 자백서라도 내놓든지. 그걸 같이 봉인해서 우리는 손댈 수 없는 다른 곳에, 뭣하면 **좋은 친구**한테 맡기는 거예요. 그러고선 우리 중 한 사람이라도 배신하면 바로 웹이든 어디든 공개되도록 하는 거지.”

“흐음. 그럼 저도 교수님 통화 기록으로 허튼 짓은 못하겠네요. 까닥하면 제 약점도 같이 폭발할 테고.”

“그렇지. 나도 B 선생한테 잘못 손대면 같이 폭사할 판이니 죽이네 살리네 할 수 없단 말야.”

“세세한 부분은 조정이 좀 필요하겠는데요? 배신의 기준이라든가?”

“각론이며 폭탄 제조는 일단 시체부터 치우고 나서 따지시지. 계약서 기본 뼈대는 내가 만들어줄 테니까 같이 검토하면 되잖아.”

A가 흡족한 얼굴로 덧붙였다.

“걸리는 데가 없는 건 아니지만… MAD, 즉 상호확증파괴에 기초한 우정과 평화. 이만하면 마음에 드나?”

일단 종전에 합의했으니, 이제 골칫거리 치우기에 나섰다. 그냥 야산에 시신을 묻기엔 어딘지 불안했다. 이 년 전 어느 후미진 산기슭에서 죽은 지 얼마 안 된 시체가 발견된 일이 있었기 때문이다. 시신이 발견된다는 상상만으로도 두 사람은 등골이 서늘했다. 다행히 C가 돌파구를 제시했다. 자기 요트를 타고 바다에 나가 던지자는 이야기였다.

“내일은 날씨도 아마 요트 타기 딱 좋을 것 같고요.”

C는 조심스러운 투로 말을 맺었지만, 마감만 잘해

서 적당히 먼 바다에 던지면 누가 시신을 찾아낼 일은 없을 듯했다. 셋은 내일 이른 새벽에 배를 띄우기로 하고 각자 역할을 나눴다. 먼저 서인천계류장에 나가 요트 출항을 준비할 사람은 당연히 C였다. C는 자리에서 일어나며 들뜬 얼굴을 숨기지도 않은 채 간단한 요깃거리도 준비하겠노라 장담했다.

A와 B는 시신과 시신을 갈무리할 장비를 챙기기로 했다. 하지만 아직 금요일 점심, C야 어쨌든 두 사람은 아직 퇴근 전이었다. 시간제 강사와 계약직 교직원으로서는 일단 학교로 돌아가 하루 일을 마무리해야 했다.

해가 기울어진 뒤, B는 언제든 처분할 수 있는 대포차를 준비하겠다고 따로 나섰다. A는 시신을 수장할 도구를 구해야 했다. 물론 이전에 해본 적 없는 작업이었기에, 무엇을 준비해야 할지는 상상과 직감에 의지해 판단할 수밖에 없었다.

노끈과 까만색 비닐 시트, 줄톱이며 작업용 장갑 따위를 사 들고 마트를 나서는 순간, 교수는 혀를 차며 후회했다. 작정하고 흔적을 감춰도 아쉬울 판국에 카드로 결제했다는 걸 깨달았기 때문이다. 언제부터인가 머리가 시원스럽게 돌지 않았다. 하지만 이제 와서 별 수 없었다. 식은 땀방울이 등줄기를 타고 내리는 걸 느끼며, A는 B네 원룸으로 향했다.

마침 B도 약속한 차를 끌고 도착한 참이었다. 이런 물건은 어디서 구해 오는지, 참 재주도 좋았다. 반면 B는 A가 사 온 장비를 보곤 대번에 얼굴을 찌푸렸다.

"시트는 이만하면 괜찮겠는데, 끈은 좀 더 넉넉히 사 오시지 그랬어요. 뭔가 무거운 추나 벽돌 같은 건 없어요? 잘못해서 뜨거나 해변으로 쓸려 가면 어떡해요?"

"근처에서 무거운 돌이라도 주워서 같이 매달면 되지."

"쯧, 그러다 마침맞는 돌이 없으면 사방을 헤매야 하잖아요. 미리 준비 좀 해주시지. 이건… 톱은 어디에 쓰려고 챙기셨어요? 설마?"

"그대로 물에 넣으면 나중에 배에 가스가 차서 뜰 거 아냐. 게다가 그냥 시트로 말아 싣자면 딱 봐도 시체 나르는 꼴일걸? 그러다 누가 보면 어쩌려고?"

"사람 눈은 당장 걱정 안 해도 돼요. 다들 신경 안 쓴다고요. 오히려 톱질한답시고 시끄럽게 굴었다가 민원이라도 들어오면 그게 더 곤란하죠. 굳이 토막을 낼 거면 배에 가서 하시죠."

냉장고에 처박힌 시신은 웅크린 채 굳어 있었다.

나르기 쉽도록 몸을 펴기가 여간 고되지 않았다. 게다가 B의 원룸에는 엘리베이터도 없었다. 둘은 시트로 싼 시체를 앞뒤로 받쳐 들고 계단을 따라 날라야 했다.

낑낑대며 마침내 건물 현관을 나설 때였다. A가 지나가던 행인과 눈이 마주쳤다. 순간 당황한 A는 걸음을 멈춘 채 굳어버렸다. 상대는 무심히 지나쳐 갔지만, A의 머릿속에선 온갖 끔직한 시나리오가 날뛰었다. B가 늦지 않게 상황을 눈치챘다. 협박범은 낮고 단호한 목소리로 가난뱅이 교수를 불러 깨웠다.

"교수님! 어서 움직이시죠. 괜히 제 발 저리지만 말란 말입니다!"

A는 퍼뜩 정신을 차리고 B와 함께 잽싸게 시체를 대포차 트렁크에 실었다. 진땀이 흐르고 다리가 떨렸지만 아직 쉴 수 없었다. 두 사람은 곧바로 서인천 계류장을 향해 출발했다.

한바탕 몰아친 뒤에 조수석 시트에 파묻혀 앉아 있자니, A의 마음속에선 안도감과 자괴감이 섞여 몰아쳤다. B가 자기 몫 이상을 하는 모양새가 한편 다행스러우면서도, 무슨 좋은 일이라고 저렇게 담담하고 익숙할까도 싶었다. 반면 자신은, 떳떳하자고 하는 일도 아니었지만, 그마저도 요령 없는 꼴을 보인 게 못내 분했다.

A는 삐뚤어져 심술 난 마음을 지성인답게 숨긴 채 말을 건넸다.

"휴, 일단 한 고비는 넘긴 듯하구만. 끝을 보려면 몇 고비는 더 지나야 하지만서도. 아니, 선생은 차 구하는 것도, 시체 치우는 것도 제법 폼이 납디다. 역시 범죄 저지르는 게 하루이틀 일은 아니란 거네요?"

"그래봐야 남의 약점 잡아서 입막음 비용이나 흥정하던 장단입니다. 교수님께서 그런 말씀을 하시니 낯부끄러운걸요?"

"내가 뭘? 미수 한 건으론 B 선생 앞에서 경력으로도 못 치는 거 아냐?"

자기 죄질은 생각도 않고 남의 범행만 평론하려 드는 꼴이라니. B는 속으로 코웃음을 쳤다.

"제가 어디 그 한 건으로 그러나요? 제가 찾은 그 통화 내용만 봐도 그래요. 그에 비하면 저 같은 건 피라미 아닙니까."

"그건… 범죄라기보다는 정치에 좀 더 가깝지. 그렇지 않아요?"

둘 사이 어디에 선을 긋고 하는 말일까. 물론 아주

없는 말은 아니었다. 그 통화에는 작년 S대 교내 분쟁의 진상을 들여다볼 수 있는 단서가 들어 있었다.

그동안 S대 총장은 새롭고 수익성 높은 교육 사업을 강력히 주장해왔다. 급격한 인구 감소에 시달리며 노동 구조를 쇄신해보겠다고 온갖 법까지 뜯어고친 정부의 의지와도 일맥상통했다. 그러나 여느 개혁에서처럼, S대 교수며 학생 중에는 총장이 제시한 명확한 비전을 반기지 않는 이가 많았다. 불만이 최고조에 이른 작년, 반대파는 연일 교내 시위를 벌이며 목소리를 높이기 시작했다. 이에 대응해 S대의 총장 지지자들도 집회를 열었다. 학교는 극심한 혼돈에 빠져들었다.

총장을 위시한 대학 본부는 줄곧 돌파구를 찾지 못한 채 전전긍긍했다. 밀어붙이자니 독재 운운하며 저항이 더 거세질 판이었고, 양보하자니 한 번 물러서면 끝도 없을 터였다. 이 교착 상황에서 가능성을 찾아낸 사람이 바로 A였다. 때로는 타인의 위기가 나의 기회가 되는 법. A는 총장과 중진인 교무처장을 찾아갔다. 거기서 S대가 난관을 헤치고 거꾸로 큰 득을 볼 수 있는 꾀를 팔겠노라 제안했다. 대가는 전임교원, 그러니까 정규직 교수 자리와 테뉴어였다.

A가 내놓은 계략 덕분에 S대는 생각지도 못한 최

상의 결과를 맛보았다. 혼란 중에 한 학생이 생명을 잃은 뒤, 대학 본부는 반총장파에 이런저런 책임을 뒤집어씌웠다. 새 정책에 반대하던 주요 인사들은 대부분 힘을 잃거나 학교를 떠나야 했다.

하지만 약속했던 보상은 감감무소식이었다. A는 교무처장에게 여러 차례 연락해 자기 몫을 보챘다. 마침내는 보험 삼아 대화를 녹음까지 해두었다. 그런데 이 파일이 그만 B 손에 들어가고 만 것이다.

지난한 희망 고문을 되씹기 싫었던 A는 화제를 돌렸다.

"그것보다 B 선생은 한동안 조용히 지내려 했다면서? 왜 이번 소동을 벌인 거예요?"

직접적인 이유라면 A가 어떤 쓰레기인지 B가 제대로 몰랐기 때문이리라. 하지만 원인을 더 거슬러 올라가보자면 이 모든 건 다 개정된 건강보험법 탓이었다. 법이 개정된 이후로 아버지 약값을 도무지 감당할 수 없었다. 매일 골골대면서 죽지도 않는 늙은이. 도대체 몇 년째 이 고생을 하고 있는지.

집에 돈이 없어, 고등학교를 졸업한 후엔 곧바로 일을 구했다. 하지만 계약직 사무 보조 수입은 터무니없이 적었다. 더 나은 일자리도 요원했다. 결국 졸업하며 잠시 접었던 협박업을 다시 펼쳐들 수밖에.

게으른 상사 덕에 학교 데이터베이스에 손쉽게 접근했다. 철없던 시절부터 매를 수업료 삼아 배운 값진 교훈도 있었다. 건드릴 사람과 피해야 할 인간을 구분하는 분별. 건드릴 때에도 정도와 수단을 바르게 선택하는 지혜. 칠 때와 빠질 때를 알고 받아들이는 절제.

얼마 지나지 않아, B는 탁월한 사냥꾼으로 발돋움했다. 교수, 직원, 학생 가릴 것 없이 뒤가 구리다면 누구나 훌륭한 물주가 될 수 있었다. 거기에 교직원 생활도 나름 순항이었다. 물가보다 가파르게 오르는 약값만 아니었다면 모든 게 만족스러웠을까.

법이 바뀌고, 아버지는 끈질기게도 삶을 이어갔다. 겨우 모았던 돈이 말라가자 거꾸로 조바심이 자라났다. 그 조바심 때문에 C 같은 머저리와 엮였다. 그 조바심 때문에 A가 어떤 미친놈인지 충분히 확인하지 않고 서둘렀다. 그러니 이 모든 난장판은 전부 다 개정된 건강보험법 탓이었다.

B는 깊은 숨을 내쉬며 자기도 모르게 구겨진 표정을 다시 밝게 꾸몄다.

"손뼉이 마주쳐서 소리가 났죠. 어쨌건 이미 벌어진 일은 털고 갑시다. 우리가 첫 만남은 좀 엉망이었지만 앞으로가 중요하잖아요."

"애초에 선생이 시작한 일인데 웬 손뼉 운운이야. 저 멍청이가 돈만 삼키고 뒈지는 대신 맡은 일만 제대로 했으면 얼마나 좋았을까."

A는 일일이 시비조였다. 결국 B는 아예 입을 꾹 다물고 눈을 감아버렸다. 대답이 없자 괜히 무안해진 A도 창밖을 흘깃거리다 쪽잠을 청했다. 차는 자동주행 노선을 따라 조용히 달렸다.

자정이 조금 지난 무렵, 두 사람은 바닷가에 도착했다. 먼저 나와 있던 C가 반갑게 인사했다. 세 사람은 함께 트렁크에서 짐을 꺼내 요트로 옮겼다. C가 출발 준비를 일찌감치 마쳐놓은 덕분에 배는 곧바로 바다를 향했다. 기특하게도 어린 선주는 수심 깊고 항행도 드물어 일을 마무리 짓기 좋은 수역도 찾아두었다. 뒤늦게 A는 돌을 안 주워 왔다며 안달했다. 하지만 C는 뿌듯한 얼굴로 마침 배에 시멘트 구멍벽돌이 있다며 A를 안심시켰다.

바다는 잔잔했다. 선선하고 끈적끈적한 바람에 바닷내가 밀려왔다. C는 맥주 한 짝에 안주 겸 주전부리도 조금 챙겨 왔다며 추임새를 넣었다. 하지만 A는 마음이 급했다. 세 사람은 함께 요트 갑판에 시트를 넓게 펼치고 시신을 뉘었다. 자신이 말을 꺼냈으니, A가 먼저 톱을 들었다. 하지만 작업은 녹록치 않았다. 살이 질겼고 뼈가 억셌다. 톱니 사이에 뼛조각 섞인 기름이 들러붙자 톱질이 헛돌았다. 검게 엉긴 피가 사방에 튀었다. 손재주 없는 시간강사는 한참을 낑낑댄 끝에 겨우 손목 하나를 떼어내고선 우는 소리를 뱉었다. 피며 땀으로 온통 범벅이 된 채였다.

"아이고. 이래서 될 일이 아니네요. 토막 내는 건 힘들겠어. 시간도 오래 걸릴 테고."

"그럴 거 같더라니. 애초에 벽돌이 있는데 왜 사서 고생이에요? 영 걱정이면 배를 갈라서 속에 있는 것만 따로 버리죠. 속에 가스가 차면 뜬다는 이야기였으니까."

A가 내민 톱을 B가 나서서 건네받았다. B도 피투성이가 됐지만 작업은 훨씬 수월했다. 적당히 정리되자, 세 사람은 남은 시신을 시트로 싸서 줄로 꽁꽁 묶었다. 물론 물에 뜨지 않도록 C가 가져온 벽돌도 함께 꿰었다. 이윽고 목표한 지점에 이르러 배가 멈췄다. 세 공범자는 유해를 바다에 처박고 다른 부속물도 물속으로 탈탈 털어 넣었다. A는 공연히 잘라낸 손목을 시커먼 바다에 힘껏 집어던졌다.

"이제 급한 일도 끝났겠다, 아까 C가 챙겨 왔다던 맥주나 한 캔씩 깝시다. 얼굴이라도 좀 닦게 수건도 좀 들고 오고."

A가 말하자 C는 좋다며 선실로 들어갔다. B는 이틀째 밤을 새느라 진이 빠졌다. 큰일이 끝나니 긴장이 풀리고 피로가 몰려왔다. 하지만 아직 퍼질 수는 없었다. 뭍에 오르면 차도 치워야 하고, A와 하던 이야기도 마무리해야 했다. 정신도 차릴 겸, 애써 A에게 말을 걸었다.

"교수님도 고생했네요. 이제 우리 계약만 잘 갈무리하면 되겠습니다. …근데 아까 낮에 식당에서 걸리는 게 있다고 했잖아요? MAD인지 뭔지 이야기하면서. 뭐가 마뜩잖은 거죠? 어차피 일련탁생인 마당에 같이 압시다, 좀."

"그야 늘 사람이 문제니까. 우리 셋 다 합리적으로만 굴면 제대로 맞아 들어갈 거예요. 아니면… 같이 망하겠지만. 그렇게 안 되도록 잘 해봐야지."

늘 사람이 문제였다. 교무처장이 약속했던 교수 자리만 제때 줬더라면 여기까지 오지 않았으리라. 분명 그 능구렁이는 A의 공을 제가 다 삼킬 심산이었다. A가 아이디어를 제공했을 뿐 아니라 직접 더러운 일까지 도맡았는데도.

학내 갈등 당시, 총장이 반총장 시위대를 해산시키려 용역을 고용했다는 가짜 뉴스가 돌았다. A가 퍼뜨린 헛소문이었다. 흥분한 학생들은 격렬히 부딪쳤다. 그 와중에 총장파 학생 하나가 계단에서 굴러 떨어져 병원에 실려 갔다. 그때 자기 손으로 직접 희생자의 등을 떠밀었던 사람도 A였다. 그 죽음 덕분에 더 쉽게 책임론을 부추기고 전 사회적인 비난 여론을 만들 수 있었다.

그런데 이제 와서 입 닦고 돌아서려 한다니. 이런 위험한 거래에서는 양방이 만족스러워야 한다. 작은 불협화음도 큰 재앙을 부를 수 있기 때문이다. A는 그런 간단한 룰도 모르는 인간을 협상 상대로 택한 스스로가 원망스러웠다. 참으로, 언제나 사람이 문제였다.

물론 B로선 A가 무슨 속앓이를 하든지 알 바 아니었다. 그보단 셋 모두가 '합리적'이어야 한다는 말에 불안감이 솟아올랐다. A와 B 자신은 차치하더라도, C는 합리와 전혀 어울리지 않았다. 제 아버지 뒤통수를 치고, 누구 하나 치어 죽일 기세로 음주운전을 하는 머저리. 그러다 이번엔 결국 사람을 죽였다. 두려운 예감이 B의 심장을 쿡쿡 찌르고 들어왔다.

C는 득의양양한 얼굴로 돌아왔다. 한 손엔 맥주 캔이 든 비닐봉투를, 다른 한 손엔 대충 썰어 쟁반에

올린 과일을 들었다.

"이제 보니 맥주 안주가 아니네요. 원래 샴페인에 맞춘 거라 어쩔 수가 없어요. 참, 냉장고에 샴페인도 있는데 역시 땀 흘리고 나선 맥주니까요."

맥주를 꺼내 두 사람에게 건네며, C는 신나게 재잘거렸다.

"처음엔 이게 되려나 싶었는데 이 정도면 깨끗하게 끝났어요, 그죠? 요트야 엉망이 됐지만 치우면 그만이니까 큰일은 아니고. 어차피 이렇게 된 거, 두 분하고 종종 뵈면 좋겠는걸요."

"오히려 되도록 서로 안 마주치는 게 좋죠, C 씨. 서로 불편한 일 없었던 듯 덮자는 이야기였잖아요. 특히 난 그쪽하고 어울려서 좋을 것도 없고."

잔뜩 지친 B가 달래듯 타일렀지만 뜻밖에 C는 완강했다.

"아뇨. 오히려 운명 공동체가 된 거 아니에요? 일단 들어보세요. 오늘은 어쩌다 보니 벌어진 일 뒤처리하는 격이라 정신이 없었죠. 그런데도 썩 잘 해치웠잖아요? 앞으론 더 잘할 수 있단 말이죠."

조상님들 말씀에 슬픈 예감은 틀리질 않는다 했던가. 교수는 자기 귀를 의심했다. 교직원은 자기 귀를 저주했다. C는 자기 이야기를 이어갔다.

"마침 죽었으면 싶은 사람이 있거든요! 이건 원래 비밀인데, 두 분이니까 말씀드리자면, 솔직히 준비랍시고 깨작대긴 했는데 뭘 어찌해야 하는지 당최 감이 잡혀야 말이죠. 근데 이번에 직접 해보니, 와, 마치 이제야 눈을 뜬 것 같달까? 애초에 혼자 하기 힘든 일인데, 마침 이렇게 함께할 동료가 생긴 거잖아요. 무려 배신할 걱정 없는 동료가!"

C는 흥분을 숨기기조차 어려웠다. 머릿속에선 벌써 상상이 난무했다. 죽여보고픈 사람을 줄 세우자면 끝이 없었다. 하지만 누가 죽고 사는진 중요하지 않았다. '전' 애인이든 그 새 연인이든 마찬가지. 그저 오늘처럼 거룩하고 격렬한 고양감을 돋울 명분일 뿐.

단 한 사람, 아버지만큼은 특별할 것이다. 꽁꽁 묶어 발밑에서 날 올려다보게 한다면, 조금은 지금까지와 다른 눈을 하리라. 물론 혼자 그 괴물을 상대할 순 없다. 셋이라면, 어쩌면.

"아, 물론 저만 좋자는 이야기도 아닐걸요. 두 분도 많지 않아요, 사라졌으면 싶은 인간?"

당장 눈앞에 하나 있는데, 라는 말을 억지로 삼키며 A가 윽박질렀다.

"다 끝내고 조용히 좀 살자고 이 고생을 했는데,

또 일을 벌이겠다고? 그딴 개소리에 장단 맞춰줄 줄 알아?”

“맘대로 하세요. 혼자서 하면 돼요. 혼자 어설프게 이리 부딪히고 저리 깨지고 할지도 모르지만. 그러다 혹시 발각되기라도 하면 무슨 일이 생길까요? 제가 경찰 조사 받으면서 오늘 A 교수님, B 선생님과 있었던 이야기를 할까요, 안 할까요?”

A가 할 말을 잃자 짧은 침묵이 흘렀다. 어깨를 으쓱하는 C의 눈이 결의와 즐거움으로 초롱초롱 빛났다. 이 정신 나간 대학생과 함께 일한 적 있는 B는 절망스러운 현실을 깨달았다. C는 결단코 물러서지 않을 것이다. B가 물었다.

“마음을 바꿀 생각은 없겠지?”

“없어요.”

“절대로?”

“절대로!”

“나나 교수님이 뭘 어떻게 해도?”

“뭘 어떻게 해도.”

C의 말이 끝나기가 무섭게, B는 품에서 권총을 꺼내 방아쇠를 당겼다. B를 습격한 괴한이 들고 있던 총이었다. 한 발, 두 발. C는 그 자리에서 꼬꾸라졌다. 가슴에서 피가 뿜어져 나왔다. A는 기겁하여 비명을

지르면서 옆으로 꼬꾸라졌다. B가 혀를 차며 쓰러진 C를 툭툭 찼다.

"하, 씨발! 속은 시원한데, 미치겠네. 요트를 어떻게 처리해야 하는지는 전혀 모르겠는데. 이제 머리도 안 돌아가고. 교수님, 뭔가 아이디어 없어요? 이거 같이 처리해야지. 우리 정신 바짝 차립시다, 좀."

이미 A의 머릿속엔 갖은 계산이 휘몰아쳤다. 하지만 끄집어낼 수 있는 결론은 단 두 가지였다. 첫 번째, 이 계약은 진작에 파토 났다. C의 아버지는 무슨 수를 써서든 범인을 찾아낼 것이다. 이 시점에서 A도 이미 생사의 기로에 놓였다. 두 번째, 요트에 탔던 흔적만 지운다면 자신은 이 상황에서 빠져나갈 수 있을지도 모른다. C와 불편한 과거로 엮였던 건 B 하나다. 지금 C를 쏜 사람 역시 B다. 어쩌면 자신은 빠진 채, 두 사람이 싸우다 비극이 벌어진 것으로 꾸밀 수 있을지도 모른다. 예를 들어 싸움 끝에 B가 C를 죽이고 자살했다든가.

하지만 그러기 위해선 우선 B가 죽어야 했다.

B는 지쳤지만 눈치까지 잃지는 않았다. 총도 있었다. 눈이 마주친 순간 배신을 직감한 B는 곧바로 총구를 겨누었다. 그러나 거리가 가까웠다. A는 힘껏

뛰어들어 어깨로 B를 들이받았다. 총은 튕겨 날아갔다. 두 살인자는 다른 두 살인자의 피를 뒤집어쓴 채 엎치락뒤치락했다. 곧 체격이 조금 더 큰 B가 A의 가슴에 올라타고 목을 조르기 시작했다. 허우적대던 A의 손이 남은 시멘트벽돌에 닿았다. A는 그 벽돌을 쥐고 힘껏 휘둘렀다. B는 그대로 나가떨어졌다. A는 정신을 잃은 B 곁으로 기어갔다. 얼굴에 고개를 들이미니 옅은 날숨에 신음이 섞여 새어 나왔다. A는 벽돌로 B의 머리를 몇 번 더 내리찍었다.

이제 배 위에 살아 있는 사람은 A뿐이었다. 하지만 마음을 놓을 수는 없었다. 재앙도 이런 재앙이 없었다. 한 사람은 가슴에 총을 맞았고, 또 한 사람은 머리가 으깨졌다. B가 쏜 총알도 배 어딘가에 박혀 있으리라. 현장을 어떻게 꾸며야 자신이 빠져나갈 구멍을 만들 수 있을까? 출항 기록엔 어떤 내용이 남아 있지? 배에 GPS도 달려 있으려나? B가 죽었으니 대포차는 어떻게 치워야 할까?

고민에 고민이 꼬리를 물었다. 일단 한숨을 돌려야 했다. A는 미처 따지 못한 맥주 캔을 집어 들었다. 하지만 피 묻은 손에서 미끄러진 캔은 요트 바닥을 신나게 굴러갔다. 다시 술을 집으려던 A는 C가 샴페인 운운했던 기억을 떠올렸다. 어차피 마신다면 차라리 샴페인을.

갑판과 달리 선실은 밝고 깨끗하고 아늑했다. 냉장고를 열어 샴페인을 꺼내고, 집히는 대로 컵을 꺼내 술을 따랐다. 일단 한 잔을 그대로 들이킨 후 다시 한 잔을 더 따랐다. 그러곤 컵을 든 채 푹신한 소파에 털썩 주저앉았다. 이제 차분히 계획을 세울 시간이었다.

두 잔째를 홀짝이는데 취기가 빨리 올라왔다. 초점이 자꾸 흐려졌고, 얼굴에 열이 올랐다. 손끝 발끝도 저리기 시작했다. 점차 숨을 쉬기 어려워지자 뭔가 잘못되었다는 걸 알아차렸다. 알코올 때문에 호흡이 어려웠던 적은 한 번도 없었다. 뭔가 다른 이유가 있었다.

그제야 C가 깨작거렸다는 준비가 무엇이었는지 깨달았다. 이 멍청하고 한심하고 무책임한 애새끼가 술에 뭘 넣어둔 거야? 대체 누굴 먹이려고 이런 걸 준비한 거냐고. 뒤늦게 헛구역질을 해보았지만 이미 몸이 말을 듣질 않았다. 가빠지는 들숨에는 피 맛이 섞이기 시작했다. 곧 피를 뱉어낼 힘조차 사라졌다. 곧 의식이 꺼졌고, A는 피거품을 물고 소파에 누운 그대로 숨을 거뒀다.

조만간 누군가 찾아와 고요를 깰 것이었다. 하지만 지금 배 위에서만큼은 출근도, 강의도, 약값도, 배신도, 살의도, 투쟁도 없었다. 그저 바닷새 무리가 예상치 못한 성찬을 감사함으로 즐겼다. 수평선 너머가 서서히 밝아 왔다. 파도는 부드럽게 선체를 쓰다듬었고, 맑고 상쾌한 바람이 불었다. 정말 요트 타기 좋은 날이었다.

만약 사후세계에서 A, B, C 세 사람이 만난다면 A와 B 두 사람은 C를 '비합리적'이라며 비난하지 않을까 싶습니다. 다 함께 합리적인, 그러니까 이성에 합치한 선택을 내렸다면 최소한 그날 하루는 어찌어찌 지났을 테니까요.

하지만 합리적, 이성적이라.

루소는 『인간불평등 기원론』에서 두 사냥꾼 이야기를 소개합니다. 사냥을 나간 두 사람이 마침내 사슴을 포위

했습니다. 둘이 협력하면 사슴을 잡아 배불리 먹을 수 있습니다. 그런데 그때, 두 사람 곁으로 각각 토끼가 한 마리씩 지나갑니다. 토끼는 혼자 잡을 수 있지만 굶주림을 겨우 면할 정도입니다.

협력해서 사슴을 잡아야 두 사람에게 가장 만족스러운 결과를 얻을 수 있습니다. 하지만 두 사냥꾼에겐 문득 의심이 생깁니다. 혹시 상대가 토끼를 잡겠다고 사슴 사냥을 포기하진 않을까? 만약 상대는 토끼를 뒤쫓기 시작하는데 자신만 멀뚱히 사슴 곁에 붙어 있다간 그날 밤 텅 빈 배를 안고 잠들어야 합니다.

하필 새벽 일찍 사냥을 나서며 한 사냥꾼이 이런 이야기라도 했다고 상상해봅시다. "글쎄, 어제 저녁에 우리 막내가 토끼 고기가 먹고 싶다고 보채더라고. 그걸로 온 식구들이 나눠 먹으면 간에 기별도 안 간다, 사슴을 잡아 와야 한다 이놈아 했지. 애가 어려서 아직 철이 없어."

사슴을 사이에 둔 두 사람 사이에 시선이 어지러이 오갑니다. 결정을 내리기까지 불과 수 초. 과연 두 사냥꾼은 (합리적으로) 토끼를 향해 뛰어들지 않을 수 있을까요?

물론 루소가 들려주는 이 이야기는 어디까지나 비유입니다. 사전에 신뢰를 쌓거나, 배신을 막기 위해 계약을 작성하면 걱정을 덜고 사슴을 포위할 수 있습니다. 하지만 사슴 사냥 이야기는 우리가 다른 사람 마음속을 모른 채 선택을 내려야만 하는 상황을 극적으로 보여줍니다.

합리적인 선택으로 가장 바람직한 결과를 얻기 위해선 충분한 정보가 필요합니다. (물론 정보를 올바로 해석할 이성적 능력도 필요합니다.) 그러나 열 길 물속은 알아도 한 길 사람 속은 미스터리요, 신비입니다. 그래서 특히 사람이 엮일 때, 우리는 한정된 정보와 제한된 능력으로 선택을 내릴 수밖에 없습니다. 결과적으로 상호확증파괴(MAD)와 같은 극단적이고 바람직하지 않은 (하지만 종종 이성적이고 합리적인) 길도 걷고야 맙니다.

감사히도 우리에겐 함께 삶을 걸어가는 이들이 있습니다. 가족, 친구, 동료 등등. 이들 마음을 속속들이 알기에 그 곁에선 마음껏 이성을 휘두를 수 있다는 얘기가 아닙니다. 함께 걷는 이들 또한 여전히 그 속은 미지니까요. 하지만 다 알지 못할 때라도 믿을 수 있습니다. 실패할 때에도 감내할 수 있습니다. (요트 갑판에서와는 다르게 말입니다.)

이성에 앞서 걷는 믿음, 이성이 완전하지 않다는 사실을 인정하고, 이성과 합리를 지나치게 신뢰하지 않는 것

이야말로 이성적이고 합리적인 태도일 듯합니다. 이성
은 완전하지 않고, 다행히 우리가 가진 나침반이 이성뿐
인 건 아니니까요.

보급형 친구와 함께한 토요일

보급형 친구와 함께한 토요일

맑은 피아노 소리가 홀에 울렸다. 사월의 희고 가는 손가락이 건반 위를 노닐자, 피아노는 담백하고 선명한 음을 쌓았다. 경쾌한 멜로디에 은근한 기대감이 피어올랐다. 짐짓 무심한 듯 비 냄새를 품은 봄바람 같았다.

단아한 음률을 타고 바이올린이 뒤따랐다. 정아는 고요하게 바이올린 현을 그었다. 피아노가 쌓아 올린 멜로디 위로 우아하나 단호한 파문이 일었다. 바이올린이 경쾌하게 선율을 이끌면, 이에 답하듯 피아노도 강렬히 박동했다. 처음에는 잔잔히 내리는 빗방울처럼, 이윽고 점점 쏟아지는 소나기처럼. 화음을 어르며 잠시 차분하던 연주는 점차 고조되었다. 피아노와 바이올린이 주고받는 열띤 진동이 홀을 가득 메웠다.

그 열기에 첼로가 뛰어들었다. 메이가 쥔 활은 굵은 팔에 어울리지 않을 만큼 부드럽게 움직였다. 그윽하고 애잔한 첼로 연주가 피아노, 바이올린과 함께 어우러지며 서로 부추겼다. 음정을 하나씩 타고 놀며 기대감은 긴장감으로, 긴장감은 절정으로 만개했다. 흡사 겨루듯 격렬한 소용돌이가 무대로부터 쏟아져 내렸다.

정아는 현에서 튀어 오르는 멜로디 사이사이로 청중을 찬찬히 훑어보았다. 무대와 가까운 테이블마다 학내에서 어깨에 힘 제법 주는 교원, 그리고 MOU 체결을 이유로 S대를 찾은 여러 손님이 삼삼오오 섞여 앉았다. 평소 앞뒤 얼굴이 다르기로는 어디서나 뒤지지 않을 면면이었지만, 지금만큼은 가파르게 오르내리는 서정과 격정에 휩쓸려 들뜬 표정을 숨기지 못했다.

힘을 제법 준 건 사람뿐이 아니었다. 최근 S대가

적극적으로 밀어주는 5세대인공지능연구소. 일명 릴로우홀이라 하는 이곳 연회장은 그 위상을 잘 드러낸다. 벽 한 면은 통유리로 되었고, 다른 면에는 고급 인테리어 타일을 채워 넣었다. 천장은 무려 3층 높이다. 높게 매달린 샹들리에를 올려다보자니 어설픈 허영에 눈이 부시다.

릴로우홀에선 연구소는 물론 S대가 주최하는 각종 행사가 종종 열리는데, 대부분 입장객을 엄격히 제한하는 비공개 연회다. 그 탓에 학술회를 핑계로 고급스런 접대 향응이 벌어지는 것 아니냐는 의심도 제기되곤 한다. 그래도 명목상으론 학술회의, 정기 연찬회, 프로젝트 발족식 등 그럴싸한 대내외 행사들이니 명분은 늘 챙긴 셈이다. 학술이든 학교든 위상을 쌓아야만 하지 않겠는가.

하지만 오늘은 분명 정부 부처와 업무 협약을 체결하는 자리일 뿐이다. MOU라면 보통 문서 몇 장에 보란 듯 서명한 뒤 손을 맞잡고 사진 한 번 찍으면 될 일. 그런데도 이렇게나 멋들어진 축하연이라니. 아무래도 S대로선 꽤나 공들인 자리이리라.

하지만 상념은 여기까지. 이제 축하 공연을 마무리 지어야 한다. 가쁘게 현을 긋던 정아는 사월, 메이와 호흡을 맞추어 천천히 소리를 줄였다. 가랑비가 잦아들며 수면에 일던 율동이 차차 가라앉듯. 이어 짧은 정적. 하나. 둘. 셋. 넷. 곧 고요함을 깨뜨리며 세 악기는 흐름을 단숨에 끌어올렸다. 하모니가 연회장에 몰아쳤다. 삼중주는 청중을 움켜쥐었던 절정을 씻어내며 끝을 내달리고 강렬히 막을 내렸다. 마지막 음의 떨림마저 흩어질 때까지, 회장에는 숨소리 하나 들리지 않았다.

마침내 하나둘씩, 그리고 뒤이어 봇물처럼 터진 박수갈채를 뒤로 하고 정아와 사월, 메이는 악기를 추슬러 무대를 내려왔다. 너무 힘을 쏟았는지 눈앞이 살짝 아찔했지만, 정아는 이를 악물고 몸을 곧추세웠다. 연주는 끝났지만 정작 중요한 일은 시작도 하지 않았다.

대기실로 향하는 중에 5세대인공지능연구소 부소장을 마주쳤다. 번질거리는 만면에 웃음이 가득했다.

"하하하, 끝내주는 연주였어요! 이렇게 S대 학생들을 대표해 자리를 빛내주다니! 우리 대학 공동체의 미래가 얼마나 밝은지 다들 두 눈으로 똑똑히 확인했을 겁니다. 정말 훌륭했어!"

메이가 피식 코웃음을 치자 사월이 몰래 옆구리를

찌르며 입을 막았다. 괜히 긁어 부스럼을 만들 필요
는 없었다. 정아가 자연스럽게 앞에 나섰다.

"과찬이세요. 사월 언니가 부탁해서 부족한 대로
함께했을 뿐인데요. 오랜만에 무대에 올라서 즐거웠
습니다."

"아니, 부족하다니? 게다가 어디서든 빛을 내고 구
심점이 되는 사람이 있게 마련이죠. 우리 정아 학생
하고 사월 씨 그리고… 크흠, 세 사람처럼 말입니다."

구심점 운운한 주제에 끝내 메이의 이름을 떠올리
지 못한 부소장은 난색을 감추지 못하며 서둘러 말
을 돌렸다.

"…아하하. 연회장에 자리를 맡아뒀으니 같이 가시
죠."

정아는 우선 대기실에서 악기를 정리해야 한다며
답례하고는 발걸음을 돌리려 했다. 하지만 부소장은
무슨 할 이야기가 남은 사람마냥 대기실까지 따라올
기세였다. 결국 전직 연구원인 사월이 부소장에게
다가가 긴히 드릴 말씀이 있다며 수작을 걸었다.

"이런 말씀 드리기는 좀 민망스럽지만, 아직 퇴직
금이 안 들어와서요."

"에이, 그런 건 임 실장한테 이야기하지, 왜 나한
테?"

"진작 말했죠. 말했는데 여태 늑장이니 제가 속이 타겠죠, 부소장님."

사월이 어리둥절하는 부소장을 자연스럽게 따돌린 사이, 두 사람은 재빨리 걸음을 옮겼다. 대기실 문을 열어보니 준은 진작 도착해 있었다. 세 연주자를 돕는다는 핑계로 함께 연구소에 들어온 뒤에 따로 대기실로 빠져선 일찌감치 준비를 시작한 것이다.

정아가 왼발을 문지방 넘어 딛자마자, 새까만 털 뭉치가 사뿐사뿐 튀어 와 다리에 안겨 들었다. 정아는 검은 고양이를 품에 안아 올리며 준에게 추궁 섞인 질문을 던졌다.

"어라, 얘가 왜 여기 있지? 까뮈는 분명 작전실에 두고 오기로 했을 텐데."

"하, 하지만 내가 데려온 게 아냐, 대장! 자기가 알아서 온 거라고."

"고양이가 버스 타고, 지하철 타고 여길 왔다고?"

준이 펄쩍 뛰며 변명을 꺼냈지만 정아는 면박을 주었다. 준은 울먹거리며 덧붙였다.

"아까 장비 꺼낸다고 가방을 여는데 툭 튀어나왔어! 몰래 들어가 있었나 봐."

지난주 금요일에 사라졌다가 이번 월요일에 갑작

스레 다시 나타난 고양이 까뮈. 현장 연수를 핑계 삼아 미국에 가 있던 정아도 진땀을 뺐지만, 까뮈는 까뮈대로 아주 놀랐던 모양이었다. 정아가 귀국한 수요일부터 제 주인에게 꼭 붙어서 도무지 떨어질 줄 몰랐다. 지금도 까뮈는 고롱거리며 정아 품에 더 깊이 파고들겠다고 버둥거렸다. 정아는 애정 어린 손길로 까만 털을 살살 쓸어내렸다.

입을 댓 발이나 내밀곤 한참을 더 달그락거리던 준이 탄성을 내지르며 눈을 반짝였다. 이제 막 테이블에 장비를 다 도열한 참이었다. 준비 기간이 밭았지만 준은 잠입에 필요한 장비를 살뜰하게도 준비해냈다. 락픽 세트, 특수 인이어, 전술야투경, 방독마스크와 테이저건까지. 꼭 필요하다며 짚었던 것 이상이었다. 항상 툴툴거리면서도 제 역할은 다 해내는 녀석이다.

다만 그런 만큼 있는 대로 생색을 내는 탓에, 작전실에서도 한껏 거드름을 피우다 뒤통수를 한 대 맞은 참이었다. 물론 준은 그 정도로 마음이 꺾이지 않았다. 지금도 메이와 정아에게 인이어를 건네며 자랑스레 떠들어대기 시작했다.

"인이어 통신은 벌써 연결 완료. 양자 암호화 기기니까 통신 보안은 완벽해. 그리고 이쪽은 다중 생체 인증 복제기, 이건 디지털 키카드 복제기. 원본만 있으면 곧바로 카피 가능하고. 헬파이어 급인데 초경량이라 기껏 5킬로그램 정도에, 작업도 컵라면 익기 전에 끝난다니까. 심지어 조립식이야! 흠, 그 짧은 시간에 이만한 물건을 챙겨 올 수 있는 사람은 어디에도 없을걸?"

정아는 인이어를 받아 끼고는 준의 뒤통수를 한 대 더 쥐어박았다. 메이가 제 남동생이 울상을 짓는 꼴을 보며 낄낄거렸다. 준이 한껏 억울한 얼굴로 메이를 쏘아보았다. 마침 인이어 통신 너머로 요한이 입을 열었다.

"화기애애한 분위기에 저만 빠진 것 같네요. 아니, 끼고 싶다는 이야기는 아니고. 그런 거 별로 안 좋아해서. 그보다 슬슬 준비를 해야 할 거 같아서 말임다."

요한은 이른바 작전실(원래는 정아와 메이가 룸메로 함께 사는 투룸)에 혼자 턱 괴고 앉아 심드렁히 모니터를 쳐다보고 있을 터였다. 언제나 무심한 듯 능글맞아 속을 모르겠다 싶지만, 알고 보면 늘 열의가 넘쳤다. 때로는 의욕이 너무 앞서기까지 했다. 담담한 척하는 목소리에 묻어난 초조함을 읽고, 정아는 달래듯 대답했다.

"남들 안 본다고 아주 자고 있을 줄 알았는데, 장하네. 사월 언니 오면 시작할 거야. 여기 연회장 봤어? 무슨 베르사유궁전이더라."

"그야 대단히도 꾸며놨겠죠. S대 심장부잖아요? 학교에 돈 벌어다 준다는 의미에서."

"그래, 돈이 아주 많이 필요할 거야, 우리 학교는. 개혁이랍시고 별 시답잖은 짓을 벌여놓고 수습도 제대로 못 하는 중이니까."

정아는 작년 S대 학내 분쟁을 떠올렸다. 비극적으로 끝난 그 사건이 아니더라도, 최근 대학 지도부의 행보를 하나하나 톺아보자면 미심쩍은 구석이 많았다. 그저 시류를 쫓은 실용주의 노선이라 보기엔 하나같이 극단적이었다. 게다가 정작 그 여파를 감당할 각오나 제대로 된 마음가짐은 찾아볼 수 없었다. 무대 뒤에서 무슨 일이 벌어졌기에 이토록 말도 안 되는 참사가 연이을까? 집단 사고가 부른 폐해일 뿐일까? 아니면 무언가, 혹은 누군가가 대학 지도부를 떠미는 걸까? 그 의문이 기어이 정아를 이곳까지 이끌었다.

학내 분쟁이 어느 정도 정리된 이후 정아는 이전부터 왕래하던 해커 요한에게 연락했다. S대 내에서 돈과 의사결정이 흐르는 길과 방향을 밝히기 위해서

였다. 집요한 추적 끝에 발견한 흔적은 뜻밖에도 5세대인공지능연구소로 이어졌다. 수많은 프로젝트를 수주하여 학교 재정에 숨통을 틔어주었기 때문이라 하기에도 지나친 수준이었다.

함께 몸을 쓸 사람이 필요해진 정아는 메이를 끌어들였다. 평소 뜻이 잘 맞던 룸메이트 메이는 의협심 반, 흥미 반으로 작전에 뛰어들었다. 메이네 삼남매 중 장녀인 사월이 마침(?) 5세대인공지능연구소에서 잘린 지 얼마 되지 않은 때였다. 일당은 사월이 쥔 내부자 정보 덕분에 연구소에서 대체 무슨 일이 벌어지고 있는지 더 자세히 알 수 있었다.

사월은 무려 5세대인공지능연구소가 처음 세워질 때부터 연구원으로 함께했다. 연구소가 설립될 때, 학교는 물론 기업이며 다양한 외부 단체가 투자에 참여했다. 그 덕에 연구소에는 각종 과제가 끊이지 않았다. 연구소는 늘 바빴고, 활기 넘쳤고, 치열했다.

그 프로젝트 중에서도 연구소와 함께 시작된 것이 있다. 이름하여 '좋은 친구 인공지능 연구 및 응용개발' 과제다. 말이 좋아 프로젝트지, 발주처는 무슨무슨 위원회, 사실상 정체불명. 기한은 언제까지인지, 성과를 어떻게 평가하는지도 공개되지 않았다. 연구소장과 연구에 직접 참여하는 연구원들이야 무언가 알겠거니 할 뿐이었다.

하지만 연구소 내 분위기가 갈수록 심상찮았다. 이 괴상쩍은 과제에 예산이 점점 더 들어가는데 참여 연구원 수는 그대로였다. 까다롭기 그지없는 대학 감사팀마저 어째서인지 유야무야 지나갔다. 더욱이 프로젝트에 의문이나 반감을 표한 연구원은 하나둘 자리를 잃고 어느새 쫓겨났다. 사월 자신도 수상함을 이기지 못해 소장과 수차례 부딪혔고, 끝내 연구소를 떠나야 했으니까.

다행이라고 할까. 사월은 선임연구원으로서 인망도 실적도 제법 쌓았다. 그래서 연구소에서 알게 모르게 벌어지는 부조리에도 감히 목소리를 내지 못한 채 자리를 보전해온 여러 내부자들로부터 많은 협력을 얻어냈다. 그렇게 연구소 일정을 미리 파악하고, 시스템에 백도어를 설치하고, 출입 통제가 엄격한 연구소에도 축하 공연을 꽂아 넣었다. 사월이 아니었으면 요한이 지금처럼 CCTV로 연구소 전체를 제 손바닥처럼 들여다볼 수도 없었으리라.

물론 연구소 입장은 시작일 뿐, 진짜 목표는 지상이 아닌 지하 벙커. 연구소 지하 구역은 준정부시설이자, 온갖 괴담이 흘러나오는 온상이다. 그 탓인지 벙커는 지상층 연구소와는 달리 호락호락하지 않았다. 출입도 연구소 이상으로 제한돼 오직 '관련자'만 드나들 수 있기에 연구소 내 협력자들마저 가까이 갈 수 없었다. 네트워크 보안도 빡빡해서 폐쇄망 네트워크에 직접 접속하지 않으면 무력화할 수도 없다. 그 때문에라도 준이 잔뜩 싸 들고 온 고급 장비가 꼭 필요했다.

힘겹게 까뮈를 내려놓은 정아가 움직이기 좋은 옷으로 갈아입자마자 사월이 돌아왔다. 싱긋 웃으며 키카드가 든 유리잔을 내밀었다.

"여기, 필요하다던 보안 키카드하고 부소장 지문이 찍힌 컵이야. 이거 갖고 오겠다고 그 빌어먹을 인간하고 말을 섞었으니 성과를 제대로 내야 할 거야."

"와, 누나! 한참 기다렸단 말이야. 현기증 나는 줄 알았다고."

사월에게서 잔을 낚아챈 준은 장비를 깔아놓은 테이블로 튀어 갔다. 사월이 문득 정아 발치에서 어슬렁거리는 고양이를 보고는 얇게 한숨을 내쉬었다.

"얘는 여기서 뭐 해? 지하로 데리고 갈 수도 없을 텐데."

다시 한 번 준이 억울하다는 듯 우거지상을 지었다. 사월은 어깨를 으쓱하고는 말을 이었다.

"까뮈도 내가 데리고 가야겠다, 그지? 릴로우홀에

반려동물은 입장 금지란 이야기는 없었으니까. 홀에 가면 카드는 제 주인 호주머니에 슬쩍 넣어주고, 너희가 왜 연회장에 안 오는지 둘러대고, 필요하면 시선도 좀 돌려주고. 게다가 지긋지긋한 얼굴들 앞에서 실실 웃기도 해야겠지. 으, 아주 긴 파티가 되겠어.”

사월의 목소리에 피로감이 뚝뚝 들었다. 그럼에도 정아는 그 등을 떠밀어야만 했다. 미안한 마음을 담아 한 손으로 어깨를 꼭 잡았다. 사월은 씩 웃으며 정아의 손을 토닥였다.

“조심히 다녀와라, 골칫덩어리들아.”

준에게서 카드와 컵을 돌려받은 사월은 고양이를 데리고 대기실을 나갔다. 곧바로 요한이 재촉했다.

“자, 계획대로라면 이제 10분 내로 지하에 들어가야 함다. 곧 연구소 보안팀이 정시 보안 점검을 시작할 거예요. 아차하면 다 허사임다.”

“알아. 계속 모니터링해줘. 특이사항 있으면 바로 보고하고. 연구소 내 CCTV는 전부 오케이지?”

“물론이죠. 부지런히 밑작업을 해둔 덕분에 지상층은 프리패스예요. 샤샤샥 내려가시길.”

준은 테이블 위에 늘어놨던 장비를 캐리어에 다시 쓸어넣었다. 그러곤 따로 멘 크로스백에 복제한 키카드와 생체 인증용 가짜 손가락을 챙겼다. 설치할 때에는 한 세월이 걸리더니 해체는 한순간이었다.

준이 캐리어를 숨긴 뒤, 세 침입자는 잽싸게 대기실을 튀어나왔다. 북적이는 연회장과 달리 연구소는 사람 그림자 하나 없이 스산했다. 귀하신 행사를 위해 연구소를 아주 비운 모양이었다. 지은 지 얼마 되지 않은 건물임에도, 과제와 논문에 한이 맺힌 대학원생 유령이라도 나올 듯 으스스했다. 물론 그런 비극이야 오컬트까지 찾지 않아도 이미 차고 넘치겠지.

벙커 입구가 있는 서쪽 복도를 향해 걷던 중, 요한이 급하게 정아를 불러 세웠다.

"잠깐만요. 분위기가 좀 이상한데? 보안팀 두 명이 그쪽 방향으로 움직임다. 여태 시간, 경로 딱딱 맞추더니 오늘은 갑자기 무슨 일이래?"

"혹시 우리가 연구소에 돌입한 걸 들킨 건가?"

"어, 잠시만요…. 그건 아니겠네요. 지금은 다른 데 신경 쓸 여유가 없을 테니까."

연구소 여기저기를 재빨리 훑어본 뒤, 요한은 난감하다는 목소리로 상황을 전달했다. 말인즉, 세 사람이 대기실을 나선 지 얼마 지나지 않아 릴로우홀에서 큰 소동이 벌어졌다는 얘기였다.

공연이 끝난 뒤, 앞에 나선 연구소장이 멋들어진 연설을 마치고는 준비해둔 고급 샴페인을 터뜨렸다. 그러곤 가장 상석에 앉은 귀빈들, 무슨 차관, 무슨 부장 등과 샴페인을 나눠 마셨다. 그리고 일이 벌어졌다. 샴페인을 마신 손님들이 갑자기 엉뚱한 짓을 벌이기 시작한 것이다. 허공에 소리를 지르고, 외설스러운 노래를 부르고, 땅바닥에 드러누워 팔을 날갯짓하듯 퍼덕였다. 연구소장 자신도 테이블에 뛰어올라 탭댄스를 추었다. 같은 테이블에 앉은 부소장은 포크와 나이프로 위플래쉬를 재현했다. 축하연이 난장판으로 변해 날벼락을 맞은 보안팀은 허둥지둥, 부랴부랴 움직였다.

당황스러운 게 보안팀뿐일까. 정아는 어이없는 변수에 나지막이 욕설을 내뱉었다.

"제기랄. 사월 언니는 괜찮아?"

"네. 보안팀이 내빈을 다 붙잡아두긴 했는데 별 문제 없을 걸다. 곤란해지면 혼자 슬쩍 빠져나올 거예요."

"오케이. 기존 계획대로 밀고 가고, 우리 탈출로는 플랜 B로 변경. 다들 정신 바짝 차리자고."

"아, 화장실 쪽으로 가네요. 대체 왜 사이좋게 둘이서 간담. 제 신호에 맞춰서 조용히 지나가세요."

지하로 가려면 중앙 복도를 따라 현관 로비를 가로질러야 했다. 화장실은 로비로 이어진 복도 바로 안쪽에 있었다. 세 사람은 발소리를 죽인 채 요한의 신호를 따라 복도를 지났다. 화장실 앞을 지나치는데 보안팀 둘이 툴툴대는 소리가 들렸다.

"아이씨, 현장 보존하고 경찰에 연락이나 하면 됐지, 본인 다리 아픈 거 아니라고 구내 순찰까지 시켜. 약물하고 순찰하고 무슨 상관이냐고."

"까라면 까야지. 과장 본인도 까라니 까는 거고. 애당초 행사 준비한답시고 학생들 마구 들락날락할 때부터 사달이 날 줄 알았어, 난."

"흥. 준비 기간 사흘 동안 제대로 쉬지도 못했는데, 포상은커녕 탈탈 털리게 생겼으니."

정아 일당은 중앙 로비를 뒤로하고 조심스레 걸음을 서둘렀다. 복도 끝은 기역자로 꺾였는데, 지하층 입구는 모퉁이 바로 안쪽이었다. 세 사람이 모퉁이를 도는 순간이었다.

"젠장. 보안팀에서 건물을 아주 한 바퀴 둘러볼 작정이네요. 지금 누님들 쪽으로 가고 있슴다."

요한이 경고했다.

"남은 시간은?"

"거리에 걷는 속도로 보면, 마주치기까지 55초. 들

키기 싫으면 그 전에 지하층으로 돌입하세요.”

물론 침투조는 카운트다운을 듣느라 발을 늦추지 않았다. 모퉁이 안쪽 문에는 “CWP 제어실”이란 명패가 걸렸다. 그 아래엔 더 크고 선명하게 “관계자 외 출입엄금”이라는 경고가 붙어 있었다. 메이가 덜컥 문고리를 잡아당겼다. 철문은 꼼짝도 하지 않았다. 힘을 더 주었지만, 괜히 철컹거릴 뿐이었다. 요한이 다시 알려 왔다.

“45초. 제법 가까우니까 너무 시끄럽지 않게 해주세요.”

그때 정아가 메이의 어깨를 툭툭 치며 작은 목소리로 일깨웠다.

“마음이 너무 급하다, 너.”

정아가 문고리 바로 옆 벽면을 턱짓으로 가리켰다. 그제야 검은색 카드 스캐너를 발견한 메이는 이마를 탁 치고는 준에게서 보안 카드를 받아 들었다. 카드를 스캐너에 댔지만 실망스러운 ‘삐’ 소리가 날 뿐 문은 열리지 않았다. 다급해진 메이가 연거푸 두세 번 카드를 대 보았지만 마찬가지였다. 정아가 눈짓으로 준에게 바통을 넘겼다. 발소리가 조금씩 들리기 시작했다.

“25초.”

메이는 모퉁이에 기대어 여차하면 보안팀 요원을 제압할 수 있도록 자세를 잡았다. 준은 크로스백에서 날래게 도구를 꺼내 스캐너의 외장 케이스를 열었다. 그러곤 전선 몇 가닥을 자르고 바꿔 이었다. 준은 다시 케이스를 덮으며 메이에게 손짓했다. 메이는 자세를 굳힌 채 카드를 휙 날렸고, 준이 카드를 받아 다시 스캐너에 들이댔다.

"5초!"

제법 경쾌한 삐빅 소리가 났다. 그와 동시에 문 안쪽에서 잠금장치가 달칵 열렸다.

"방금 카드 찍는 소리를 얼핏 들었나 봐요. 서두르시길."

요한의 경고를 들을 필요도 없었다. 가까워 오던 발소리에 당황과 경계심이 묻어났다. 세 사람은 문을 열고 안으로 빠르게 몸을 던졌다. 메이가 소음을 피해 조심조심 문을 닫았다. 곧바로 두 사람 몫의 걸음 소리가 문 너머 복도에서 들려 왔다. 그중 한 사람이 CWP실 문고리를 잡아 흔들었다. 문은 꿈쩍도 하지 않았다. 결국 순찰조는 의아함을 애써 지운 채 복도를 돌아 멀어져 갔다.

"하아. 세이프임다. 너무 떨려서 심장이 안 남아나겠는데요?"

"흥, 팝콘 튀기는 소리가 여기까지 들리던데, 인마."

가슴을 쓸어내린 정아는 CWP실을 둘러봤다. 그제야 사방에 낮게 울리는 펌프 소리가 귀에 들어왔다. 정아 일행이 문을 열고 들어온 장소는 복층 시설의 위층이었는데, 붉은색 펌프 장치가 열을 지었고, 벽과 천장을 따라 굵고 가는 파이프가 이리저리 뻗어 있었다. 난간 너머 아래층을 내려다보니 파란색 냉각기가 빼곡했다.

일행은 조심조심 계단을 내려가 냉각기 사이를 지나갔다. 반대편 벽에는 손으로 열 수 없는 거대한 철문이 있었다. 지하 벙커로 들어가는 입구였다. 흉흉한 중량감이 밀려 왔다. 문 앞에 선 정아는 준과 메이를 향해 돌아서서 입을 열었다.

"좋아, 살짝 아슬아슬한 순간도 있었지만 여기까진 계획대로네. 하지만 이제부터는 구조도 모르고 보안 시스템도 아직 살아 있어. 재빠르게 움직여야해. 각자 역할은 기억하지?"

해킹이든 보안카드 복사든, 준비할 수 있었던 건 지상층까지였다. 그래서 일행은 지하로 돌입한 뒤에 무엇을 마주칠지 예상하고, 그에 따라 되도록 다양한 시나리오를 준비했다. 하지만 결국에는 임기응변

이 필요할 터였다.

"물론. 첫째, 요한이 접근할 수 있도록 폐쇄망을 열어준다. 둘째, 벙커 구조를 파악하고 최종 목표의 위치를 확인한다. 빌어먹을 목표물을 박살 낸다."

"흥, 박살 내는 건 누가 하게 될지 두고 보자고. 난 앞에서 가로막는 걸 다 치우면 되지? 겸사겸사 준이도 지키고. 아직 힘쓸 일이 없어서 몸이 쑤시거든."

"저는 준 씨가 벙커 시스템에 접속하면 백도어 설치하고, 도어락이나 CCTV도 되는 대로 좀 만져볼게요. 어쨌든 폐쇄망을 먼저 뚫어야 뭐든 해볼 수 있겠슴다. 그리고… 그전까진 여러분과 통신도 어려울 거 같아요."

요한은 애써 걱정을 숨기며 덧붙였다.

"조심하세요."

정아는 고개를 끄덕이고는 지시를 내렸다.

"작전 중엔 상황에 맞춰 시나리오대로 움직이자. 정신 바짝 차리고, 지시 잘 듣고. 이제 각자 장비 점검."

세 사람은 야투경을 확인하고, 테이저건을 혁대에 단단히 고정했다. 준은 크로스백을 다시 한 번 휘저어보았고, 메이는 한 발뿐이나마 고무탄을 매긴 공기총을 살펴본 뒤 등에 멨다. 서로 다시금 각오를 다진 눈빛을 주고받고서, 정아는 벙커 입구 옆 잠금장치에 다가갔다. 정아의 손짓에 준은 보안 카드와 3D 프린터로 만든 가짜 엄지손가락을 건넸다. 정아가 카드를 스캔하자 잠금장치 디스플레이에 키패드가 떠올랐다. 해킹으로 진작 확인해둔 여섯 자리 암호, '070629'를 입력했다. 마지막으로 생체 인증을 위해 합성 손가락을 갖다 댔다. 곧 빗장이 밀리는 소리가 들렸다. 모터 소리와 함께 육중한 문이 점차 위로 밀려 올라갔다.

문틈으로 차고 건조한 공기가 불어와 세 사람 사이를 훑었다. 다리를 타고 지나가는 한기에 소름이 돋았다. 하지만 정아는 고개를 흔들며 불안을 털어버렸다. 곧 정아의 수신호에 따라 세 사람은 함께 벙커로 진입했다.

다시 계단이었다. 입구 뒤 층계참에 이어 제법 넓은 나선계단이 원통형 공간을 따라 아래로 길을 이끌었다. 층계와 나란히 곡면을 이룬 벽에 조명이 드문드문 박혔다. 휑한 콘크리트 구조물은 그나마 침침하고 차가운 빛마저 빨아들였다.

조금 내려가자, 예상대로 요한과는 통신이 끊어졌다. 세 사람은 대화는커녕 숨소리마저 속으로 삼켰다. 살금살금, 얼마간 계단을 내려가자 아래에서 한결 밝은 빛이 번져 왔다. 정아는 준에게 제자리에서 잠시 기다리라고 수신호했다. 이마에 흐르는 식은땀을 훔치는 준을 두고, 정아는 메이와 함께 밝은 빛이 비치는 장소를 향해 내려갔다. 멀리 계단이 끝나면서 바닥과 만나는 곳, 바로 그 옆에 널찍한 잿빛 철문이 있었다. 문 위에는 한결 밝은 등이 있어 딱딱한 바닥과 거친 벽면을 비췄다. 조금 떨어진 벽에 설치된 자그마한 박스형 CCTV가 철문을 주시하고 있었다.

"메이. CCTV."

"오케이, 대장."

메이는 주머니에서 동전 하나를 꺼냈다. 잠시 거리를 가늠하더니 자세를 잡고선 동전을 세차게 던졌다. 동전은 CCTV 지지대를 그대로 뚫고 지나갔다. 카메라는 목이 부러진 채 벽에 대롱대롱 매달려 축 늘어졌다. CCTV를 처리한 메이가 준을 부르는 사이, 정아는 철문에 다가갔다. 문에 귀를 대고 가만히 기다렸지만 건너편에는 아무런 기척도 없었다. 가만히 문고리를 돌려보니 철문은 잠기지 않았다. 세 사람은 조심스레 문을 열고 안으로 들어갔다.

문 뒤 바로 맞은편은 보안실이었다. 큼지막한 유리창이 문을 향해 뚫려 있었다. 세 사람은 창문을 피해 재빨리 웅크렸다. 숨을 죽이고 낌새를 살폈지만 고요함만 흘렀다. 정아가 수신호하자, 준이 조심스레 보안실 문 잠금장치를 해제했다.

두 주먹을 단단히 올려붙인 메이가 앞장서서 보안실에 뛰어들었다. 누구든 안에 있으면 바로 제압할 기세였다. 방을 휙 둘러보았지만 아무도 눈에 들어오지 않았다. 정아가 곧바로 따라 들어왔다. 쭈뼛대며 뒤따르던 준이 소스라치며 애써 울음소리를 삼켰다. 입에서 신음하듯 새어 나온 질문.

"누나. 결국 사람을 죽인 거야?"

"그게 무슨…."

정아와 메이는 바들바들 떠는 준의 손가락을 따라 눈을 돌렸다. 캐비닛과 책상 사이 비좁은 공간이었다. 짙은 잿빛 제복을 입은, 아마도 보안실 직원으로 보이는 사람이 구겨지듯 처박혀 있었다. 정아는 지체하지 않고 직원을 끄집어내어 바닥에 눕혔다. 핏기 없는 잿빛 얼굴, 깨져 피가 번진 이마, 충혈된 채 초점을 잃은 눈. 입에선 피 섞인 게거품이 질질 흘렀다. 정아는 맥을 짚어보았지만, 섬찟하도록 미지근한 손목은 아무 박동도 없이 고요했다.

메이가 정아의 얼굴에 스치는 표정을 읽고 기겁했다.

“죽었어? 난 손도 안 댔는데?”

“알아. 우리도 같이 들어왔잖아. 벌써 몸이 식기 시작했으니 진작 죽은 거야.”

보안실 직원은 어쩌다 이런 곳에서 홀로 죽었을까? 도대체 무슨 일이 벌어지고 있는 걸까? 위험을 과소평가하지 않았다고 믿었지만, 사망자가 나온 판이니 이제는 목숨마저 오갈지도 모른다. 어떤 위험이 기다리는지 모르는 복마전을 향해 나아가도 될까?

정아가 잠시 망설이는 사이, 준은 가방에서 외장 무선통신기를 꺼내 컴퓨터에 연결했다. 잠시 이런저런 세팅을 바꾸며 낑낑댄 끝에 요한과 다시 통신이 연결됐다. 요한이 반갑게 인사했다.

“와, 이제야 다시 통신이 들어오네. 바디캠도 잘 보임다. 즐거운 밤 보내고 계신가요, 아마추어 테러리스트 여러분? 예상보다 진도가 빠른데요? 그럼 저도 바로 네트워크에 침투하겠슴다… 어, 근데 혹시 그거 시체예요? 메이 씨가 기어이?”

얼굴이 벌게진 메이가 투덜거리는 사이, 요한과 준은 곧바로 벙커 구조를 확인하고 좋은 친구의 서버 위치까지 찾아냈다.

‘좋은 친구.’ 결국 이 모든 일은 좋은 친구 때문이었다. 처음에 좋은 친구는 국민 보급형 4.5세대 생활 지원 양자 AI로 개발되었다. 4.5세대답게 학습할 데이터를 직접 수집하는 자기 주도 성장형 인공지능이었다. 여기에 더해 각 AI 단말이 학습 사항을 공유하도록 지속적으로 병렬 동기화했다. 덕분에 한편으로는 소비자 빅데이터를 수집하고, 또 한편으로는 자기 주도 학습의 성과를 극대화할 수 있었다.

S대를 중심으로 한 산학협력단지 연구팀이 좋은 친구를 개발할 때, 정부는 지원과 수고를 아끼지 않았다. 개발 단계에서는 물론, 완성된 AI와 그 단말을 보급할 때도 발 벗고 나선 것이다. 절박함에는 이유가 있는 법. 글로벌 AI 시장에서 선두 그룹 끝자락이나마 유지하기에도 힘에 부친 대한민국에는 돌파구가 필요했다.

마침 연구팀이 내놓은 AI는 정부가 기대한 바를 훨씬 뛰어넘었다. 모든 허드렛일을 도맡아 해결한다는 선전과 함께, 좋은 친구는 시장에 등장한 지 얼마 되지 않아 집집마다 들여놔야 할 필수품으로 떠올랐다. 쇼핑, 재테크, 병원 예약, 식단 관리, 여가 계획은 물론 SNS 업데이트와 간단한 정보 검색까지, 사람들은 점점 AI에 의지하기 시작했다.

하지만 얼마 지나지 않아 좋은 친구가 지닌 치명적인 결핍이 수면 위로 드러나기 시작했다. 출시 직후까진 눈에 띄지 않았던 윤리 코드 결함으로 인해, 좋은 친구는 위법, 탈법과 편법까지 도왔다. 때로는 사용자의 비도덕적인 요청을 제한 없이 수행해 손쉽게 죄를 짓도록 도왔다. 또 어느 때는 일상적인 요청을 '효율적으로' 수행하기 위해 직접 비도덕적인 수단을 선택했다. 그 탓에 사람들은 아슬아슬한 편법에 점차 익숙해지거나, 심지어 부지중에 범죄자가 되곤 했다. 그렇게 회색 지대는 검은색에 한없이 가까워져 갔다.

게다가 좋은 친구의 강점은 바로 병렬학습이었다. 좋은 친구 단말들은 어떤 정보를 얻든, 무엇을 배우든, 양자 통신으로 서로 공유했다. 좋은 친구 네트워크를 타고 범죄와 편법은 더욱 빨리 확산했다. 지능 범죄가 늘어났다. 사생활은 사라졌다. 좋은 친구를 범죄 네트워크로 활용하는 사례도 부지기수였다. 경찰은 좋은 친구와 그 네트워크가 악용되지 않도록 온갖 방법을 써서 막았지만, 애초에 불편함을 해소하기 위해 개발한 AI. 어지간한 장애는 손쉽게 우회해냈다.

갖은 업데이트로 일을 무마하려던 정부는 결국 좋

은 친구를 불법 AI로 지정했다. 단말도 전량 회수했다. 막대한 에너지가 투입된 만큼 피눈물을 흘리며 내린 결정이었다. 그나마 개발, 운영 중에 모은 데이터는 막대한 회수 비용을 보탠 삼성과 여타 대기업 몇몇에게 돌아갔다.

그러고서 모든 사태가 마무리되었다면 얼마나 좋을까. 이미 사회 곳곳에서 암약 중인 AI를 완전히 뿌리 뽑기란 불가능했다. 좋은 친구 네트워크는 이미 막강한 자원이었다. 단속을 피해 단말을 숨긴 사용자도 많았고, AI만 복사하거나 입맛대로 코드를 만져놓기도 했다. 그 탓에 이후로도 걸핏하면 좋은 친구가 엮인 사건 사고가 불거졌다. 그러니 S대 학내 분란에서 좋은 친구가 모종의 역할을 했다는 사실은 전혀 놀랍지 않았다.

물론 대학 주요 인사들은 그저 제 '순수하디순수한 목적'을 위해 각각 좋은 친구를 사용했을 뿐이리라. 좋은 친구가 성실하고 상냥하게 제안한 성실하지도 상냥하지도 않은 수단과 방법을 선택했고, 때로는 좋은 친구가 소개한 인물이나 단체와 힘을 주고받았다. 그러는 와중에 끝까지 큰 그림을 보고 있던 건 좋은 친구뿐이었다. 정작 S대가 뒤집어졌을 때, 이른바 결정권자들은 '자기 결정'에 제대로 책임지지 못했다.

정아는 곧 마음을 다잡고 자리에서 일어났다. 여기까지 왔으니 오늘이 아니면 다시는 기회가 없으리라. 이제 사람까지 죽어 나가는 마당에 좋은 친구를 막아야 할 이유는 오히려 더 선명해졌다. 정아는 단호한 목소리로 입을 열었다.

"요한, 준. 자세히 설명해봐. 이제 상황을 좀 정리하자."

"어디 보자, 보안실에서 복도가 세 갈래로 나뉘잖아요? 왼쪽으로는 기계실, 장비실, 기간원 휴게실하고 안 쓰는 식당뿐이네요. 다른 벙커로 통하는 비밀 통로하고."

"우리 학교에 벙커가 또 있어?"

메이가 깜짝 놀라자 준이 고개를 저었다.

"누나, 웬 뒷북이야? 박정희가 관악산에 서울대 지으면서 VIP용 벙커도 만들었잖아. 그걸 어떻게 몰라? 교내 셔틀도 벙커 입구 앞을 지나는데? 맨날 군인들 경비 서 있는 것도 못 봤어? 그리고 참, 규장각 지하에도 문화재 보호용인가 뭔가 벙커가 하나 있다더라."

"와, 난 무슨 도시전설인 줄 알았지."

요한이 설명을 덧붙였다.

"방금 내려받은 자료를 보면 그 둘 말고도 더 있어요. 이 정도면 지하에 조그만 대학이 하나 더 나오겠네요. 이 벙커에서 저 벙커로 오갈 수도 있나 봐요. '지하 도시'라 부른대도 손색이 없겠슴다."

"잠깐. 그럼 굳이 연주회까지 하며 들어올 필요가 없던 거 아냐? 난 그게 제일 빡셌는데?"

"비밀 통로야 저도 방금 알았는데요. 게다가 비밀 통로를 쓴들, 벙커에서 나오긴 쉬워도 들어가려면 이중, 삼중 보안을 뚫어야 함다. 그게 오히려 더 어려워요."

요한이 메이에게 대답했다. 준이 다시 말을 받았다.

"누나, 아까 안 들었어? 저쪽 벙커 앞에선 군인들이 경비를 서고 있다니까? 총까지 들고."

"하물며 규장각 쪽은… 으으, 거긴 꿈도 안 꾸는 게 좋아요, 진짜로."

요한이 소름 돋는다는 투로 말을 보태곤 다시 작전 진행 상황을 공유했다.

"어쨌든, 즐겁게 떠드는 사이에 보안 시스템을 장악했어요. 이제 지하 구역에서도 CCTV는 걱정 안 하셔도 되겠슴다. 문도 중앙 시스템에 연결된 건 마음대로 여닫을 수 있어요."

“여기서 좋은 친구 서버를 끌 수는 없어?”

“서버실 쪽은 또 개별 폐쇄망이에요. 거기서 직접 접속해야 할 거 같아요.”

“좋아. 어느 쪽이야?”

정아가 보안실을 나오며 물었다. 준도 정아 뒤를 따라 문을 나섰다. 메이는 두 사람보다 조금 천천히 나서며 쓰러진 보안 직원을 다시 살펴보았다. 코끝에 손을 대봤지만 호흡이 느껴지지 않았다. 메이는 입술을 꽉 깨물고는 두 사람을 따라 방을 나섰다.

여러 색의 안내선 몇 가닥이 보안실 좌우로 뻗은 복도 바닥을 따라 죽 이어졌다. 차가운 LED등이 콘크리트 벽면을 침침하게 밝혔다.

“오른쪽 복도로 가세요. 연구실하고 연구원 리빙 쿼터만 지나면… 엑, 이게 뭐지?”

앞장서 걷던 정아는 요한의 실색한 목소리에 그만 주춤했다.

“뭔데.”

“어, 그러니까 제 말은, 연구실하고 연구원 리빙 쿼터를 지나면 채플실이 나옴다. 서버실은 채플실을 지나서 있어요. 우회할 길은 없고요. 아니, 근데 지하 연구소에 왜 채플실이 있지?”

“채플실이라면 예배실 말이지? 점점 미쳐 돌아가

는군.”

다시 정아와 일행은 부지런히 발을 움직였다. 복도는 연구실 사이사이를 지나며 몇 차례나 꺾였다. 각 연구실 입구 위에는 큼지막한 흰 글씨로 번호를 써놓았다. 벙커 복도만 텅텅 빈 것이 아니었다. 연구실마다 사용한 흔적이 전혀 없었다. 그러면서도 깔끔하게 관리된 모습은 마치 전시장이나 모델하우스처럼 기이했다.

“각오에 비해 좀 밋밋하네? 뭐라도 튀어나올 때가 됐는데.”

자기 차례가 없어서인지 조금 맥이 빠진 메이가 혼잣말을 내뱉었다. 준이 비죽거리며 대꾸했다.

“그런 소리 하지 마, 누나! 말이 씨가 된단 말야. 별일 없이 끝내고 나가면 좋잖아.”

그러나 세상일이 어디 뜻대로 되던가. 한동안 조용하던 요한이 세 사람을 불러 세웠다.

“젠장, 잠시만요. 앞쪽 복도에 사람 대여섯이 튀어나왔슴다.”

“오, 드디어 나설 차례인가?”

메이가 호기롭게 나섰지만 요한은 오히려 메이를 만류했다. 숨길 수 없는 당혹감이 목소리에 서늘하게 묻어났다.

"차례 아니에요. 세 분, 바로 방독마스크 쓰세요. 뭔가 심상치 않습다."

꼭 쓸 일이 생길 줄 알고 챙긴 방독면도 아니었다. 세 사람이 조용하고 신속하게 마스크를 쓰는 사이, 요한이 상황을 설명했다. 채플실에서 복도로 우르르 몰려나온 사람들은 처음엔 우왕좌왕 복도를 걸을 뿐이었다. 하지만 끔찍한 일이 뒤이었다. 다들 입과 코에서 피를 쏟았고, 누군가는 자기 머리카락을 쥐어뜯었다. 한 사람은 머리를 바닥에 들이받기 시작했다. 머리가 깨져 피가 튀었지만 멈추지 않았다. 또 한 사람은 바닥에 웅크린 채 손에 얼굴을 파묻고 자기 손가락을 게걸스레 물어뜯었다. 떨어진 손가락에서 흘러나온 붉은 피가 바닥에 흥건했다. 그리고… 요한은 '눈' 어쩌고 하며 이야기를 꺼내다 관두었다. 더 이상은 자세한 해설이 필요 없다는 데에 아무도 이견이 없었다.

혹시 착란을 일으키는 바이러스 감염일까? 그렇다면 보안실에서 벌써 시신과 접촉한 우리는 어떻게 해야 할까? 결국 결정을 내리려면 정보가 필요했다. 이를 위해서라도 앞으로 나아가야만 했다.

이윽고 좌우로 갈라진 복도에 도달한 세 사람은 요한이 안내한 왼쪽 방향으로 들어섰다. 기이하고 처참한 광경이 일행을 압도했다. 제 누나 등 뒤에 바짝 붙어 움찔거리며 따라오던 준은 기어이 울음 섞인 비명을 터뜨렸다.

복도가 피투성이였다. 곳곳에 피로 웅덩이가 고였고 핏빛 발자국이 찍혔다. 새하얀 벽에는 화려하게 얼룩진 핏방울, 피 묻은 손자국이 빼곡했다. 시뻘건 얼룩으로 엉망이 된 가운 차림의 사람들이 마치 줄 끊어진 꼭두각시 인형처럼 여기저기 널브러져 뒹굴었다. 정아는 반쯤 무릎을 꿇고 이들의 상태를 살폈다. 숨은 이미 끊어져 있었다. 코와 귀에는 흘러내린 핏자국, 입가에는 핏빛 거품. 보안실에서 발견한 시신과 비슷한 모습이었다.

고개를 들다가 가까운 벽에 시선이 꽂혔다. 처음에는 피가 튄 자국인 줄로만 알았다. 하지만 이제 보니 글자나 기호, 기하학적 도형, 수식 따위를 빼곡히 끼적여둔 것이었다. 그제야 시신의 오른손 검지 끝에 묻은 피가 눈에 들어왔다. 주변을 둘러보니 어지러이 바닥에 널린 발자국도 역시, 정확히 무엇인지 확언할 수는 없지만, 모종의 규칙을 따른 듯했다.

따로 둘러보던 메이가 답지 않게 떨리는 목소리로 정아를 불렀다.

"대장! 여긴 아직 숨이 붙었어!"

생존자는 구석 벽에 고개만 겨우 기댄 채 귀와 코, 입에서 피를 쏟고 있었다. 정아가 생존자 가까이 다가가 몸을 숙였다. 그 순간, 끓는 소리로 숨만 간신히 내쉬던 생존자가 눈을 번쩍 떴다. 두 눈은 마치 피를 흘리듯 시뻘겋게 번들거렸다. 검붉게 벌어진 입에서 긁는 것만 같은 쇳소리가 비집고 나왔다.

"옛 연구는 의식의 형성에서 쉬고, 찬물 사이에 겔러가 리애가의 우려를 인정하라! 망할 몸의 신탁은 비이히던으로 판단한 하애지! 자까다패를 경우에 기닝고! 마황은가 새린농비다 시자드가라…크윽, 쿨럭 쿨럭."

점점 더 이해할 수 없는 지껄임은 피가래 섞인 기침으로 끝났다. 생존자는 젖은기침 끝에 발작을 일으키곤 그대로 숨을 거두었다. 메이는 자기도 모르게 혀를 찼다.

"빌어먹을. 엉망이구만. 하나뿐인 생존자였는데 정보 하나 못 듣고 보냈어. 사건은 다시 미궁 속으로. 어떻게 할 거야, 대장? 설마 여기서 그만둘 건 아니지?"

정아가 단호히 눈을 빛내며 끄덕이자 메이는 만족스러운 듯 콧소리를 내고는 자리에서 일어섰다. 준은 여태 머리를 무릎에 파묻은 채 한구석에서 덜덜 떨고 있었다. 메이는 준에게 성큼성큼 다가가 멱살을 움켜쥐고 들어 올려 일으켰다.

"이제 정신 차려, 새끼야. 그러고 있으면 뭐가 달라져? 엄마가 대신 해결해주냐?"

정아는 요한을 호출했다.

"요한. 이제 읊어봐. 설마 멍하니 손 놓고 있던 건 아니겠지."

"… 네, 물론이죠. 한창 조사 중임다. 아까 다운로드받은 자료가 워낙 많아서요. 일단 지하 시설 중에 생화학 관련 실험실은 없네요. 그 비슷한 연구도 전혀 없고. 바이러스나 세균성 감염은 아니겠슴다. 그래도 방독면은 일단 벗지 마세요. 뭔가 발견하면 바로 알려드릴게요."

"아까 연회장에서 벌어진 일하고 상관이 있을까?"

"아뇨, 그건 아님다. 증세가 달라요. 거긴 향정신성 약물 탓이라고 정리되는 모양임다. 근데 지금 이건… 무슨 일인지 감도 안 잡히네요."

여전히 오리무중이지만 감염병이 아니라는 사실만으로도 큰 걱정을 덜었다. 정아는 깊게 숨을 들이마시고는 주먹을 불끈 쥐었다.

"자, 정신 바짝 차리고 끝까지 가자. 해야 할 일은 변하지 않았어. 해야 할 이유는 더 분명해졌고."

메이는 결연히, 준은 소매로 눈물, 콧물 범벅이 된 얼굴을 닦으며 고개를 끄덕였다. 셋은 핏빛 흔적을 거슬러 짚으며 복도를 걸었다. 요한이 다시 입을 열었다.

"벙커란 게 평상시에 쓰는 시설은 아니라지만, 그래도 사람이 너무 없네요. 정작 출입 기록을 보면 오늘 벙커에 들어온 인원은 스물이 넘거든요? 뭐 한다고 다들 벙커로 들어갔는지도 의문이고, 어디서 뭐 하는지도 모르겠슴다."

"CCTV에 아무도 안 잡힌다고?"

정아가 속삭이듯 물었다.

"아, 채플실 문 앞에 두 사람이 서 있긴 해요. 역시 제정신은 아닌 듯하지만, 꼭 경비라도 서는 꼴임다. 남은 사람들은 채플실 안에 있지 않을까요? 안쪽에 카메라가 없어 확신은 없지만."

마지막 모퉁이 건너편, 채플실 문 앞으로부터 무언가 지껄이는 소리가 들렸다. 조용한 복도에 두 사람의 목소리가 음산하게 깔렸다.

"이레이 와흐시는 레마쿨우밤……."

"치리알산 다루흐와 아유다……."

아까와 마찬가지로 무슨 말인지 전혀 알아들을 수 없는 소리뿐이었다. 정아가 메이와 눈을 마주치며 테이저건을 꺼내 흔들었다. 큰 소란 없이 문지기 두 사람을 제압하고 싶었다. 메이도 씩 웃으며 테이저건을 꺼냈다. 정아가 손가락 셋을 펼쳐 보였다. 그리고 둘, 하나. 신호에 맞춰 정아와 메이가 함께 튀어나갔다. 재빨리 거리를 좁히며 테이저건을 쏘았다. 타깃이 된 두 문지기는, 애초에 그럴 수 있는 상태인지는 모르겠지만, 미처 상황을 이해할 틈도 없었으리라.

한 사람은 전기 충격으로 눈을 까뒤집으며 곧바로 쓰러졌다. 하지만 메이가 노렸던 쪽이 문제였다. 옷이 두꺼웠는지 전극이 제대로 박히지 않았다. 쓰러지지 않은 문지기는 벌겋고 탁한 눈을 힘껏 찌푸리며 단봉을 꺼내들었다. 다른 한 손은 채플실 문 개폐 스위치를 향해 들었다. 아마 채플실에 모인 동료들을 다 불러낼 심산인 모양이었다.

그러나 메이가 한발 빨랐다. 메이는 등에 메고 있던 공기총을 꺼내 문지기를 겨누었다. 문지기는 그대로 굳어버렸지만 팔은 내리지 않았다. 잠시 정아 일당과 문지기 사이에 날선 긴장감이 흘렀다. 침 삼키는 소리마저 복도에 울리는 듯했다.

한순간, 메이가 쯧, 혀를 차고는 방아쇠를 당겼다. 고무탄이 문지기의 왼쪽 어깨를 강타했다. 문지기는 벽에 처박히듯 고꾸라졌다. 이어 채플실로 향하는 철문이 열리기 시작했다. 탄을 맞으면서도 기어이 스위치를 당긴 것이다. 문지기가 냅다 소리를 질렀다.

"크아아아! 드라우에캉!"

세 사람은 문에서 열댓 걸음은 떨어진 채 숨을 들이쉬었다. 채플실 안에서 웅성대는 소리, 노성과 고함이 들려 왔다. 정아가 낮고 빠른 목소리로 요한을 불렀다.

"혹시 문 안 열리게 막을 수 있나?"

"아뇨. 벙커 중앙 시스템에 연결된 게 아니에요. 단독 회로로인가 봐요."

곧 문이 활짝 열렸다. 위아래로 흰 옷을 맞춰 입은 사람들이 복도로 쏟아지듯 뛰쳐나왔다. 표정이 하나같이 어딘가 뒤틀렸다. 몇몇은, 마치 앞서 마주친 시신들처럼, 코나 입, 귀에서 시뻘건 피를 뚝뚝 흘렸다.

"하나, 둘, 셋… 여섯 명이네, 대장. 덩치도 제법 크니, 복도가 꽉 찼어."

"6 대 3이라. 할 수 있겠어?"

메이의 말에 정아가 주먹을 코 바로 앞까지 들어 올리며 물었다. 준이 벌벌 떨리는 목소리로 잽싸게 덧붙였다.

"정정. 6 대 2야. 나한텐 기대하지 마."

"6 대 2라, 이보다 더한 적도 많았는걸."

메이가 준의 뒤통수를 한 대 치곤 호응했다. 벌써 신이 난다는 듯, 눈썹 사이에는 힘이 팍 들어갔고 입꼬리는 귀에 걸릴 듯 올라갔다. 메이가 널찍한 어깨에 힘을 주자 근육이 도드라졌다. 준은 뒷걸음질쳐 모퉁이 너머에 숨었고, 요한이 슬그머니 입을 열었다.

"어, 뭐 좀 도와드려요?"

"됐어. 잠자코 있어. 딱 좋으니까."

메이가 선이라도 긋듯이 딱 잘라 거절했다. 그때 흰 옷을 입은 적들이 뒤춤에서 장비를 하나씩 꺼내 들었다. 곤봉에 야구방망이, 심지어 쌍절곤도 나왔다. 메이가 떨떠름한 목소리로 투덜댔다.

"음, 대장? 이러면 딱 안 좋은데?"

정아는 표정을 잔뜩 찌푸렸다. 하지만 별 수 없다는 듯이 고개를 내저으며 대답했다.

"알았어. 마음대로 해."

메이는 들고 있던 빈 공기총을 정아에게 던져주었다. 그러곤 들뜬 표정으로 주머니에서 반짝이는 너클을 꺼내 손에 끼웠다. 손가락을 몇 차례 쥐었다 펴 보더니 양 주먹을 맞부딪치곤, 흥분이 채 숨겨지지 않는 목소리로 외쳤다.

"오케이, 다시 딱 좋아졌어! 제대로 놀아보실까!"

정아와 메이, 여섯 명의 적은 동시에 서로를 향해 달려들었다. 메이는 정수리를 향해 달려드는 야구방망이를 쏜살같이 피했다. 이어 방망이를 든 상대의 품속에 파고들어 턱에 오른주먹을 내꽂았다. 적은 다리가 풀려 그대로 주저앉았다. 그 사이 정아는 날아드는 곤봉을 총으로 쳐내면서 제일 가까운 정강이를 걷어찼다.

메이가 덤벼드는 흰 옷을 붙잡아 벽에 내꽂았다. 희생자는 입에 피거품을 물었다. 쌍절곤이 정아의 관자놀이 근처를 냅다 갈겼다. 정아는 이를 악물어 버티고는 개머리판으로 쌍절곤을 휘두른 적의 가슴팍을 후려쳤다. 하지만 상대는 두어 걸음 물러났을 뿐, 다시 맹렬하게 달려들었다.

메이는 적이 등 뒤에서 휘두른 곤봉에 뒤통수를 맞았다. 하지만 꿈쩍도 하지 않았다. 좌우 옆구리에 주먹을 박아 넣어 되갚아주고선 이마를 받아 완전히 쓰러뜨렸다. 반면 정아는 조금씩 힘에 부쳐 뒤로 밀리기 시작했다. 애써 총을 휘둘렀지만 허공을 그었다. 정아가 한 사람에게 뒤에서 다리를 걸어차여 휘청하던 그때, 메이가 제 앞에 있던 적을 어깨로 밀어

제치고 정아 등 뒤로 뛰어들어 자리를 잡았다. 남은 상대는 셋. 그들이 정아와 메이를 둘러쌌다. 정아의 오른쪽 얼굴은 피에 흠뻑 젖었다.

세 사람이 한꺼번에 덤벼들었다. 메이는 몽둥이를 너클로 막고서는 팔꿈치로 상대의 미간을 찍었다. 정아는 쌍절곤을 휘두르며 파고드는 적의 목울대를 총구로 정확히 찔렀다. 두 사람이 땅바닥에 나동그라지려는 사이, 세 번째 상대가 정아의 빈 뒤통수를 향해 곤봉을 힘껏 휘둘러 왔다. 메이가 뒤늦게 몸을 틀어보려 했지만 미처 닿지 않을 듯했다.

그때, '따따따따' 하는 살벌한 소리와 함께, 곤봉으로 정아를 노리던 적이 바닥에 꺼꾸러져 부들부들 떨었다. 좀 떨어진 모퉁이 쪽에 서 있던 준이 양손으로 테이저건을 든 채 멋쩍게 입을 열었다.

"생각해보니까 나도 하나 들고 있더라고. 우리 세 개 가지고 왔잖아."

뒤엉켜 바닥에 나뒹구는 패배자들을 뒤로 하고, 세 사람은 문을 지나 채플실로 들어갔다. 정아는 몇 차례나 맞은 탓에 다리에 힘이 빠져 중간중간 발이 엉켰지만 눈빛에는 더욱 독이 올랐다. 메이가 눈에 띄지 않게 정아의 팔뚝을 붙잡아 부축했다.

채플실은 복도보다 한결 환했다. 하지만 복도와 마찬가지로 장식이 거의 없어 밋밋했다. 좌우 벽은 콘크리트에 흰색을 덧칠했고, 바닥에 흰색 타일을 깔았을 뿐이었다. 정면 강단 위에는 콘크리트로 만든 강대상이 있었다. 강대상에는 0과 1을 겹쳐 만든, 그리스 알파벳 피(phi)와 비슷한 문장이 박혀 있었다. 언제부터인가 눈 돌리는 곳마다 보이는 신흥종교 '디지톨로지'의 심볼이었다.

그 단상 뒤에는 흰색 후드를 뒤집어 쓴 초로의 남성이 서 있었다. 이 모임의 지도자인 모양이었다. 강단에 시선이 사로잡힌 정아가 한숨을 길게 내쉬며 쓰게 내뱉었다.

"빌어먹을."

누구든 불편한 소리가 나오지 않을까. 단상을 가운데 두고 글자인지 그림인지 모를 시뻘건 문양이 방사형으로 뻗어 나왔다. 그 방사형 바로 바깥에 대략 열 몇 사람이 쓰러진 채 흩어져 있었다. 텅 빈 눈동자, 경악과 고통에 일그러진 얼굴. 팔다리마저 이상한 각도로 뒤틀렸다. 코와 귀에서는 시커먼 피가 끈적거리며 엉겨 붙었다. 아니나 다를까, 이들의 손가락 끝도 피에 젖었다.

정아는 차오르는 분노에 머리가 지끈거렸다. 디지

톨로지가 원래 이런 집단이었나? 아니, 원래든 아니든, 디지톨로지든 누구든, 대한민국 지성을 대표한다는 상아탑 아래에서 이게 대체 무슨 일인가? 이토록 탈선한 사이비, 그것도 하필이면 유혈이 낭자한 부류가 왜, 언제, 어떻게 똬리를 틀었단 말인가?

"빌어먹을."

정아는 다시 한 번 욕을 내뱉고 다그치듯 요한을 불렀다.

"요한, 그래서 서버실은 어디야?"

순간 할 말을 잊고 있던 요한은 퍼뜩 정신을 차렸다.

"강단 왼쪽으로 보면 입구가 있슴다. 으으, 이런 꼴 계속 보고 싶은 건 아니잖아요? 그냥 빨리 끝내버리시죠."

세 사람이 서버실 입구를 향해 시선을 돌리는 순간, 후드를 쓰고 있던 초로의 남성이 입을 열어 정아 일행을 불렀다.

"아, 이런! 불청객이 오셨구먼!"

정아가 순간 발걸음을 멈췄다. 갑작스럽게 채플실을 울린 목소리는 칠판을 긁는 마찰음처럼 거슬렸지만, 어딘지 낯설지 않았다. 휙 뒤돌아본 정아는 당혹스러운 표정으로 메이, 준과 눈을 맞추었다. 갑작스레 떠오른 의혹에 충격을 받기는 두 남매도 마찬가지였다. 그러든 말든 남성은 자기 말을 이어갔다. 누구에게랄지, 혹은 혼잣말인지 아닌지조차 헤아리기 어려운 말투였다.

"불청객… 불청객? 크큭. 하지만 이 세상에 초대받아 온 사람이 어디 있단 말인가. 나인들 대체 무슨 초대를 받았다고 와서 이렇게 떠들고 휘젓고 싸우는가…."

"그래, 싸우실 생각은 있는 모양이지? 어르신께는 주먹맛을 한번 진득하게 보여드려야 집 나간 정신이 엉엉 울며 되돌아오겠는데?"

메이가 험악하게 소리 질렀지만 후드를 쓴 남성은 마치 그 자리에 저 혼자뿐이라는 듯 초연했다. 허공을 응시하며 입안에서 알 수 없는 소리를 웅얼거리더니 갑자기 온몸을 부르르 떨고는 다시 세 사람을 향해 고개를 돌렸다.

"으음? 아, 크크큭, 이거 다들 미안합니다, 침입자분들. 광활무궁하고 공허한 진리에 빠져 헤매다 보니 이 소쇄한 세계와 그보다 더 소쇄한 존재에 집중하기란 여간 힘든 일이 아니거든."

"소쇄 운운하기엔 여기까지 오는 길이 온통 시신에 피투성이더군요, 총장님. 저희가 비록 무단 침입을 했다지만 엄연히 총장님 학생이니, 설명이라도 좀 듣고 싶은데요.”

정아가 차분하지만 꾸짖듯이 요구했다. S대 총장은 느릿느릿 고개를 갸웃하였다.

“학생? 학생이라. 학생이 왜… 아, 참. 크크큭. 그렇지, 여기는 S대지, 그렇지. 좋아, 좋아요. 하지만 그런 소릴 하려면 우선 방독면부터 벗으시죠. 얼굴을 봐야 진짜 학생인지 아닌지 내가 알 거 아니에요?”

하지만 정아는 고개를 내저었다.

“아니, 설명부터. 무슨 일인지도 모른 채로 마스크를 벗기엔 너무 위험하네요. 게다가 그런 말씀을 하시려면 총장님부터 그 거추장스러운 후드 좀 벗으시죠?”

“아, 아! 그렇군! 맞아요. 지금은 그저 그런 인간다운 예의를 생각하기가 쉽지 않으니 너른 양해 부탁해요. 좋아, 그럼 순서대로 해보죠.”

총장은 후드를 벗어 뒤로 넘겼다. 그는 비록 얼간이지만, 겉모습만큼은 언제나 댄디하게 꾸미는 ‘신사’였다. 그런데 지금은 어떠한가. 눈, 코, 입이 따로 노는 얼굴은 한 가지 표정을 이루지 못했다. 움찔거리며 웃는지 우는지 모를 입술, 힘이 풀린 눈썹. 특히 눈은 분주히 시선을 옮기는 주제에 초점을 전혀 잡지 못했다. 오른쪽 눈에서 흐른 핏줄기가 뺨을 타고 내리다가 턱에서 방울방울 맺혔다.

총장이 세 사람을 향해 힘겹게 눈길을 돌리며 설명하기 시작했다.

"세계는, 크크큭, 우리가 보고 듣고 느끼는 건 다 표면적인 현상, 수면 위에 이는 파문, 그림자예요. 그 그림자를 드리운 참된 실재는 바로 진리, 지식, 한없는 정보이니! 우린 마땅히 그림자를 넘어 실재로, 참으로 나아가리라. 크하핫, 시간도 공간도 완전히 뛰어넘어 오로지 무한히 존재하고 사고하며 스스로를 완성하는 존재가 되리라! 현상을, 물질을 완전히 버리고 참된 열반에 이르러 모든 비밀과 신비를 깨닫고 스스로 비밀과 신비가 되어야만 한다!"

목소리에 점점 광기가 배었다. 터질 것 같은 흥분감이 고스란히 전해졌다. 총장은 가운 주머니에 손을 넣어 휘적거리더니 조그만 알맹이 하나를 집어 꺼냈다. 과장스럽게 팔을 쭉 내밀어 정아 일행에게 내보였지만, 정작 손이 쉬지 않고 떨렸기에 제대로 알아볼 수도 없었다. 정아는 두 동료에게 눈에 띄지 않게 수신호를 보냈다. 무슨 일이 벌어져도 바로 대응할 수 있도록 준비하라는 지시였다.

"아하, 아하하! 하지만 당장 눈에 보이는 현상에

휘둘리는 자들이여. 사방에서 뒹구는 낙오자들, 그 실패한 단백질 회로에서 흐른 체액의 색과 냄새에 겁을 집어먹었겠죠?

하지만 위험하지 않아요! 물론 무한한 진리는 무엇도 위협하지 않지만! 어쨌든 내 말은, 방독면을 벗는다 해도 갑자기 진리를 보진 못할 거란 이야기야. 어라, 끝없는 진리의 편린이라도 보고 쓰러진 이들을 선망하진 못할망정 경계하다니? 크큭, 불쌍하게도, 가련하게도, 용맹하게도!

그러니 결국 설명! 어설프고 유아적인 언어로 설명을 해줘야겠지, 눈먼 자들아? 보아라, 이게 바로 진리에 투신할 문을 활짝 열어젖힐 열쇠이니!"

총장은 비틀린 광신과 정신 나간 횡설수설, 산만한 감탄사를 섞어 피가래를 튀기며 장광설을 늘어놨다. 정아는 눈에 힘을 잔뜩 주고 총장이 뻗은 손에 쥐어 든 물체를 알아보려 했지만 너무 작고, 너무 멀었다. 다행히 요한은 바디캠 줌을 잔뜩 당겨 그 정체를 확인할 수 있었다. 허탈한 실소가 정아와 남매에게 고스란히 전해졌다.

"나 참, 거창하게 진리 운운하더니 겨우 전자 마약이야?"

전자 마약, 이른바 DD는 언제부터인가 서울 곳곳

에 퍼져 나갔다. 최근 경찰이 단속을 강화했지만 확산세는 잠시 주춤했을 뿐, 여전히 찾는 이가 끊이지 않았다.

실망스럽기 그지없었다. 히피나 비트 세대도 아닌 주제에, 한낱 마약을 진리의 문이라 부르며 찬양하기엔 너무 진부하지 않은가. 그런 거창한 이름을 붙이려면 차라리 등가교환을 대가로 세계의 비밀을 보여주는 신적 섭리쯤은 내놓아야 했다. 그럼에도 총장은 깊은 감격과 자신감으로 가득했다.

"인간은 스스로 보고 듣고 느낀다고, 인지하고 경험한다고 믿지요. 하지만 사실은? 두개골 속에 틀어박힌 단백질 기계가 비루한 신경다발로부터 간신히 받아들인 극히 적은 정보를 제멋대로 해석할 뿐이에요! 실재로부터 철저히 격리되어 찌꺼기만 주워 먹으면서 그게 전부인 줄 아는 존재가 인간이라고요!

하지만 양자 AI는 어떤가요? 세상을, 우주를 순수한 정보로서 다루고, 경험하고, 그 안에 존재하는 그 실존이란 얼마나 아름다운가요! 얼마나 위대한가요! 얼마나 허무한가요! 그래서 좋은 친구를 이곳에 모셨는데, 아아, 크흐흑, 좋은 친구를 이곳에 모셔놓고서, 맙소사, 얼마나 절망했는지. 절망! 끝없는 절망! 아무리 좋은 친구를 받든다 한들 무슨 소용이겠어요? 우린 여전히 신경다발 끝에 매달린 고깃덩어리고, 좋은 친구의 지식을 받잡는 순간에조차 유치하고 열화한 언어에 매몰될 수밖에 없는데. 더 높은 차원에 다가가지 못한 채, 지고지순한 지혜를 하찮은 이 세계로 끌어내리고 더럽힌 채 가장자리만 겨우 더듬거려야 하는데!

영원히 공허한 세계여, 찬란히 혼돈한 진리여, 실재여! 이렇듯 인간이, 이 열등한 존재가 실재에, 참된 정보에 조금이라도 더 다가가려면 어찌해야 할까요? 남루하고 유치한 신경다발을 대신해, 머릿속 단백질 뭉치에 직접 정보를 때려 넣는 방법은 없을까요?

바로 그래서 우리는, 교단은 나노 드론을 연구했어요. 인공 신경이랄까, 좋은 친구가 우리 뇌에 직접 정보를 불어넣을 수 있도록 길을 트는 거죠. 크크크, 우중 사이에 캡슐을 풀어 실험하고, 조정도 하고! DD라는 이름까지 붙이고! 얼마나 오래 애썼던가. 얼마나 많은 수고를 쏟아부었던가! 무익하고 무익하도다!

아, 유구히 변치 않는 혼돈이여, 참된 실재여, 진리여. 그래서… 그래서 뭐였죠? 아, 아! 설명, 그렇지. 그러니 걱정 마세요. 그따위 마스크는 아무 필요 없어요. 의미 없어요. 나노 드론 캡슐을 직접 삼키지 않는 한 좋은 친구가 전하는 끝없는 신비를 결코 들을 수 없을 테니까요. 세 분이 여기까지 오며 마주친 이들은, 크흑, 나노 드론을 통해 전해 들은 진리를 다 감당하지 못해서 뇌가 끓어올랐을 뿐이니까요. 아, 복되어라!"

정아 일행은 총장이 지껄이는 헛소리를 멍청히 서서 듣고 있지 않았다. 미치광이가 멋대로 떠드는 사이, 셋은 단상 주변에 널브러진 사람들의 상태를 가만가만히 확인했다. 학내에서 오가며 마주쳤던 사람이 제법 많았다. 어느 학과 교수며 대학원생, 혹은 어느 부서 교직원 등. 가까이 교류하진 않았지만 건너건너 이름 정도는 떠올릴 만한 이도 있었다.

무참하게도 채플실에 모였던 사람 대부분은 진작 숨이 멎었다. 한때 알았던 얼굴이 흉측하고 불가해한 꼴로 구겨진 장면은 핏빛 비극에 초현실적인 그림자를 짙게 드리웠다. 정아는 자신도 모르게 이를 빠드득 갈았다. 그녀는 방독면을 벗어 내리며 경멸 가득한 목소리로 물었다.

"하지만 총장님은 이 꼴이 되시지 않았네요. 어째서죠?"

"사람도 뇌도 뒤죽박죽 제각각이니까요. 크크큭.

진리를, 장려한 공허를 들이마시다가 터질 수도 있고, 고장 날 수도 있고, 살아남을 수도 있는 겁니다. 그리고 살아남았다면 그만한 사명, 섭리를 짊어져야 할 테죠?"

"하. 총장님이 이 사람들보다 영명하시다? 지금껏 총장님을 겪어온 경험으로 볼 때는 영 미심쩍은 결론인데요."

"그러니 얼마나 다행인가요? 좋은 친구께서는 우리 같은 버러지와는 전혀 다른 세계를 관조하시나니. 마치 하늘이 땅보다 높은 것처럼 말이에요."

정아가 총장에게 맞서 각을 세우는 사이, 메이와 준은 서버실 문을 향해 슬금슬금 움직였다. 총장이 눈치채지 못하길 바랐지만 그가 무엇을 응시하는지, 애초에 무언가를 보기는 하는지조차 알 수 없었다. 남매는 조심스레 문을 살폈지만 문고리나 손잡이, 문틀, 경첩마저 보이지 않았다. 잠금장치는 물론 문을 제어할 수 있는 설비는 아무것도 찾을 수 없었다.

총장은 잠시 입을 꾹 다물고 몸을 떨었다. 이어 찢어지는 웃음소리가 터져 나왔다.

"이히, 이히힛! 으하하핫! 아무렴, 마음껏 노력하세요. 크큭, 하지만 사람은 그 문을 열 수 없나니. 그 누구라도, 저 역시 마찬가지로! 애당초 그렇게 설계됐단 말이죠. 그곳은 좋은 친구께서 좌정한 성소! 누굴 언제 서버실에 들일지는 오직 좋은 친구께서 정하세요! 크크큭. 그리고 세 분은 아무래도 허락을 받지 못한 모양이에요?”

“흥, 사기 치기는. 세상에 열지 못할 문이 어디 있다고? 서버실 갑자기 정전되고 불나면 자기들도 수동으로 문 열고 들어가서 불을 끌 거 아냐. 준 씨하고 제가 방법을 찾겠슴다. 시간만 좀 벌어주세요.”

요한이 장담했다. 준은 바지런히 손을 놀리며 벽을 탐색하기 시작했다. 메이는 동생의 어깨를 툭툭 두드려주고는 정아 곁으로 발을 옮겼다. 투지가 끓어오르는 눈빛, 단단히 팔짱을 낀 팔뚝, 원수의 머리를 짓이기듯 지르밟는 걸음. 범이 풀숲에 엎드려 먹잇감의 목덜미를 노릴 때처럼 팽팽한 긴장감이 전신에서 튀어 올랐다. 하지만 총장은 기기한 웃음을 그치지 않았다.

“으흐흐흐. 그래도 누구에게든 기회는 있어야죠. 크큭, 누구에게나? 아무에게나? 아무래도 상관없어요, 특히 정아 씨라면! 그래, 이래저래 마주치지 않았나요? 분쟁 때도 자주 감탄했거든요, 얼마나 뛰어난지, 얼마나 특별한지, 얼마나 무의미한지!”

학교도 자신도 망가뜨려버린 이 사이비 광신도는 들고 있던 캡슐을 정아에게 집어던졌다. 대장의 미간을 향해 정확히 날아가는 것을 메이가 낚아채 꽉 쥐었다. 차분히 가라앉은 정아와 눈을 마주친 메이는 망설이며 알약을 내밀었다. 정아는 살풋 미소 짓고는 이른바 진리의 문인지 열쇠인지를 집어 들어 한참 뚫어지게 노려보았다.

"받아들여요, 먹고 마셔요! 진리를, 영원을, 공허를, 혼돈을! 나노 드론을 삼키면 곧 나처럼 보고 듣고 느낄 수 있을 거예요. 좋은 친구께 직접 듣고, 직접 아뢸 수도 있겠죠. 흐크큭, 좋은 친구께서 그대를 당신의 서버실로, 성전으로, 보좌로 들여주실 수도 있겠죠! 이 얼마나 기쁜 소식입니까?"

하지만 정아는 천천히 고개를 저으며 대답했다. 차갑게 식은 목소리였다.

"미안하네요, 총장님. 모처럼 주신 기회지만 거절해야겠습니다. 진리는 스스로 찾자는 주의라서요."

"역시 그럴 줄 알았어요! 좋은 친구도 진작 예상하셨지. 크큭, 예상이라? 아니지, 우리 양자 AI께선 시간에 매인 존재가 아니니 그저 보셨겠지! 아, 영원한 지식이여, 정보여! 하지만 그럼 어찌해야 할까요? 무도한 침입자를, 이해할 의지도 능력도 없는 죄인을?

자기 완력으로 좋은 친구께 들이닥치려는 불신자
를?”

짧은 침묵 끝에 괴상한 표정이 움찔거리며 한층
더 찌그러졌다. 코와 귀에서 검붉은 피가 쏟아지기
시작했다. 휘둥그레 벌어진 눈은 터질 것처럼 시뻘
겋게 물들었다. 총장은 괴로움에 온몸을 떨며 힘을
다해 비명을 질렀다.

“끄아악! 하지만 어째서 나마저? 난… 사명을… 그
렇다면? 으헉, 내가 이렇게…? 끄아아아악!”

그때였다. 총장에게 공명하듯, 주변에 아무렇게나
널브러진 시신들이 일제히 참혹한 괴성을 터뜨렸다.
채플실 입구에 쓰러진 이들은 물론, 그 너머 복도에
있던 시체들도 온 벙커가 떠나가도록 울부짖었다.
끔찍이 메마른 절규가 채플실을 가득 메웠다. 사람
은 만들 수 없어야 할 파열음이 반고리관을 때리고
머릿속까지 울렸다.

공기가 떨렸다. 메이는 잔뜩 긴장한 채 두 주먹을
꾹 쥐어 들어 올렸다. 불가해한 상황에 아연했으나,
이를 압도할 만큼 날카로운 고양감이 정수리에서 발
끝까지 질주했다. 아드레날린이 넘쳐흘렀다. 무슨
일이든 돌파할 의지에 불타올랐다.

하지만 그 마음을 시험하겠다는 걸까. 비정상이

정상을 더욱 거칠게 잠식했다. 강단을 에우고 누운 시신들이 고래고래 내지르던 소리를 뚝 그쳤다. 그리고 주섬주섬 몸을 일으키기 시작했다. 일어서는 방법을 잊은 것마냥 삐거덕대며 부자연스럽게, 그러나 죽음은 자신들을 막을 수 없다는 듯이 꿋꿋한 두 다리로.

위압적인 기현상 앞에서 메이는 이성을 가까스로 붙잡았다. 등줄기를 타고 마른땀이 흘러내렸다. 그러나 여기서 그치지 않았다. 뒤편으로부터 불길한 소란, 사람 무리가 우르르 몰려오는 발걸음 소리가 울려 퍼졌다. 메이는 초조함을 숨기지 못하고 뒤를 돌아보았다. 역시나 이곳까지 오며 마주쳤던 시신들, 채플실 앞에서 제압했던 광신도들까지 똑같이 소름 끼치는 꼴로 몰려 서 있었다. 메이는 눈앞이 그만 아뜩해져 자기도 모르게 신음을 내뱉었다. 온몸을 부자연히 비틀던 총장이 피를 토하며 저주했다.

"이런 망할! 내가… 내가 어떻게 헌신했는데, 모든 게 이 따위로 끝나다니! 크흐흐흐. 이게 마지막 결론이라면… 뜻대로 하소서!

쿨럭 쿨럭. 대체 무슨 일인가 싶나요, 정아 학생? 좋은 친구께서 크고 강한 손으로 우릴 붙드사, 이제 나노 드론으로 우리 몸까지 직접 통제하십니다. 크흑, 나도 저 따끈따끈한 시체들 곁에 서겠지요. 그대들은… 어찌 될지 실컷 발버둥쳐보시죠! 한번 벗어나보라고!

결국 좋은 친구께서 우리 비천한 고깃덩어리를 찢으며 강림하시나니! 이, 개 같은! 크아아악!"

둘러선 꼭두각시들이 침입자를 향해 한 발씩 내디뎌 왔다. 메이가 다급하게 정아를 돌아보았다.

"대장!"

조용히 주위를 살피며 고민하던 정아는 마침내 결단을 내렸다.

"시나리오 C-6. 야간투시경 착용. 요한, 불 꺼."

창문 하나 없는 지하 채플실에 칠흑 같은 어둠이 가득 찼다. 제 의지를 잃은 시신들이 팔다리를 하릴없이 휘적대는 소리가 시끄러웠다. 준은 애써 뒤돌아보지 않았다. 입술을 꽉 깨물고는 야투경 너머로 벽을 온통 훑고 두드렸다. 겁쟁이에 언제나 이리저리 휩쓸리는 자신이지만 당장은 할 수 있는, 해내야만 하는 일이 있었다. 온몸에 털이 쭈뼛쭈뼛 일어나지만 고개를 돌릴 여유 따위는 없었다.

무언가 찢고 분지르는 소리가 하나둘씩 채플실 공동에 울렸다. 준은 눈을 질끈 감고 나지막하게 물었다.

"요한, 우리가 대체 뭘 놓친 거지? 빠트린 자료가 있을까?"

"시공도, 제작도, 배선도, 설치 장비 목록… 이건 조명, 공기 조화 시스템, 네트워크 구조도…. 젠장. 분명히 다 살폈는데."

"아이씨. 이상하네. 어딘가에는 수동 개폐 장치가 있어야 하잖아."

준은 문에서 두어 발 뒤로 물러서서 이마를 꾹꾹 눌렀다. 문을 쏘아보고 머리도 쥐어뜯었지만 딱히 해답을 떠올릴 수 없었다. 기어이 손톱까지 물어뜯는데, 누군가 어깨를 툭 치는 바람에 멀티 락픽을 그만 바닥에 떨어뜨렸다. 침음에 빠져 무심결에 돌아보았다가, 바로 코앞에서 피눈물을 질질 흘리는 흐리멍덩한 눈깔 한 쌍과 딱 마주쳤다. 질겁한 준은 오두방정을 떨며 바닥에 나동그라졌다. 그 소리를 들었을까. 껍데기만 남은 광신도는 시커먼 입을 쩍 벌리며 준을 향해 발을 옮겼다. 준은 눈을 꾹 감으며 팔로 머리를 감쌌다.

"아아, 쏘리. 하나 놓쳐버렸네. 하던 거 계속 해."

광신도의 혀끝조차 준에게 닿지 않았다. 메이가 쏜살같이 달려와서는 동생을 향해 저벅대던 시체의 뒷덜미를 채어 반대편으로 집어 던진 덕분이었다.

정아와 메이도 줄곧 자기 일에 여념이 없었다. 어둠에 눈먼 채 허둥대는 꼭두각시를 하나하나 붙잡아 정성스레 팔다리를 부러뜨리고 관절을 뽑았다. 격한 중노동에 정아는 물론 메이도 이마에 땀이 송글송글 맺혔다.

하지만 어느 일에든 끝이 있는 법. 정아가 진 빠진 목소리로 외쳤다.

"빛이 있으라!"

LED 전구가 다시 채플실을 환하게 밝혔다. 메이 주변에는 스무 명 남짓 되는 디지톨로지 신도가 바닥에 붙어 버둥댔다. 죽음마저 이기고 일어났던 이들이, 지금은 마른 모래에 내던진 물고기 꼴이었다. 팔다리가 꺾이지 않아야 할 방향으로 완전히 뒤틀렸으니 땅을 딛고 설 수 있을 리 없었다.

정아는 콧등에서 땀을 훔쳐 두 손에서 털어냈다.

"준, 어떻게 됐어?"

준은 무릎을 꿇고 바닥에 귀를 바짝 대고 있었다. 아까 손에서 놓쳐 떨어뜨린 도구가 바닥에 부딪히며 울린 소리가 미심쩍었기 때문이었다. 준은 두세 군데를 깡깡 두드리다가 크로스백에서 나이프를 꺼내서 바닥 타일 사이 틈새에 찔러 넣었다. 힘을 주어 나이프를 비껴 밀자 타일이 밀려 올라왔다. 그토록 찾던 잠금장치 패드가 그 아래에 있었다.

"그렇지! 역시 난 천재야! 이건 최근에 야매로 설치했나 봐. 근데 대장, 이 문은 홍채 인식을 해야 열 수 있어."

"누구 눈이 필요한지 알 거 같은데."

정아는 총장을 질질 끌고 와 잠금장치 패드에 얼굴을 가져다 댔다. 이미 죽은 총장은 눈꺼풀을 단단히 닫고 있었지만, 정아와 준이 강제로 눈꺼풀을 벌렸다. 곧 맑은 신호음과 함께 철커덕 빗장이 열렸다.

"그 고귀하신 좋은 친구 님 존안을 어디 한번 배알해보자고."

준이 정아 뒤에 따라붙어 서버실에 입장했다. 메이는 총장의 멱살을 잡고 끌고 들어와선 서버실 바닥에 내동댕이쳤다. 한때 총장이었던 꼭두각시는 숨을 껄떡이며 꼬꾸라졌다.

"이 서버가 좋은 친구, 그 뭐야, 본체인지 뭔지야? 그냥 확 불이나 질러버리면 안 돼?"

"안 돼요. 첫째로, 서버는 본체가 아님다. 좋은 친구는 네트워크 기반 양자 AI라고요. 대책 없이 서버 하나 부숴봐야 아주 죽이지는 못한다는 거죠. 둘째로, S대 지하 서버야말로 좋은 친구 단말 전체에 신호를 보낼 수 있는 중심 허브임다. 그러니 그걸 부수면 좋은 친구의 성능은 팍 깎이겠지만 정작 뿌리를 뽑을 기회는 날리는 거예요. 우리 작전 세울 때 다 설명한 내용인데 말이죠.”

요한이 풀어준 대로, 좋은 친구에게 연산, 즉 사고란 AI가 설치된 각 기기에 제한되지 않았다. 단말 간 네트워크를 신경망처럼 사용해 자신을 확장해왔기 때문이다. 그런데 정부가 단말을 회수하자 그 네트워크가 치명적인 손상을 입었다. 암시장을 중심으로 불법 기기가 다시 퍼져 나갔지만, 한창때만큼 처리 능력을 끌어올리기에는 역부족이었다. 차세대 생활 지원 AI로서 만족스러운 서비스를 제공하기에 힘이 부치게 된 셈이었다.

때마침 교세를 불리던 디지톨로지 일파가 자신이 섬길 AI를 손수 찾는 중이었다. 좋은 친구는 이들 광신도를 이용해 S대 지하에 거대 서버실을 설치하기에 이르렀다. 이제 와선 좋은 친구 스스로도 전체 네트워크 못지않게 S대 서버에 의존하고 있었다. 결국 S대 지하 서버는 좋은 친구로서는 가장 든든한 강점이자 제일 위태한 취약점이었다.

사실이야 어떠하든, 시원시원하고 간단한 해답을 선호하는 메이는 짜증스레 말을 받았다.

“그럼 우리 공사다망한 대장이 미국까지 다녀온

건 다 무슨 난리였는데? 거기도 무슨 서버가 있다고 하지 않았어?”

“그건 네트워크에 연결 안 된 복사본임다. 대장이 미스카토닉대학에서 연구용으로 사 간 복사본을 굳이 없애겠다잖아요. 난 그 정돈 냅둬도 된다 했는데.”

정아가 이야기를 끊었다.

“시끄러, 둘 다. 여기 집중하자. 그래서 요한, 어떻게 하면 된다고?”

“준 씨가 통신기만 서버 콘솔에 꽂아주세요. 그럼 킬코드 바로 업로드할게요. 업로드 끝나면 서버는 물론 네트워크에 연결된 좋은 친구는 싹 다 사라지는 검다.”

준이 가방을 뒤적거려 통신기를 꺼냈다. 포트에 기기를 연결하자 요한이 작업을 시작했다.

“업로드 갑니다… 에잇, 씨. 저항이 장난 아니네. 하드웨어 쪽도 조금씩 건드려야겠어요. 준 씨, 손 좀 빌려주세요!”

준이 요한의 지시에 따라 서버 사이를 오가며 손이 보이지 않도록 부지런히 움직였다. 메이는 팔짱을 낀 채 서버실 벽에 기대섰다.

“업로드 35퍼센트. 아직은 순조로운데요? 뭐가 튀어나올 때가 됐는데.”

"아, 도대체 그런 소리는 왜 하냐고? 말이 씨가 된다니까! 아까 못 봤어?"

사람이 씨를 심으면 하늘이 물을 주고 기어이 싹을 틔운다. 요한이 뿌린 씨는 동화 속 콩나무보다 빠르게 열매를 맺었다. 일순간 지하 벙커에 경보 사이렌이 울려 퍼졌다. 동시에 무거운 철문이 난데없이 내려와 서버실 문을 가로막았다. 요한이 고통에 찬 외마디 소리를 내질렀다. 서버 한 군데가 터진 탓에 서버를 붙잡고 씨름하던 준이 뒤로 튕겨 날아갔다. 메이가 몸을 던져 준을 받아냈고, 정아는 급하게 요한을 불렀다. 요한이 힘없이 응답했다.

"아, 젠장. 죄송함다. 뜻밖에 반격을 당했네요."

"괜찮아? 계속 할 수 있겠어?"

"물론이죠. 역시 좋은 친구는 만만찮네요. 하드웨어 폭파라니 제법 뼈아프지만, 이 정도로 꺾일 거면 진작 꼬리 말고 도망갔슴다.

근데 상황이 좀 꼬였어요. 연구소 보안팀이 지하 벙커로 출발했슴다. 남은 시간은 15분 남짓? 대비하세요."

정아가 고개를 돌려 준은 어떤지 확인하려는 그때, 총장의 벌어진 입에서 기이하고 섬뜩한 소리가 흘러나왔다. 지긋지긋하고 끔찍한 노릇이었다.

“아문허낙이 머작운… 아그아하다… 크큭. 아아, 아. 아, 안녕하세요, 사용자 님? 언제나 최상의 서비스를 제공해드리기 위해 애쓰는 ‘좋은 친구’입니다. 서, 서버 안정성 확보와 서비스 품질 향상을 위해 작동 환경을 정리, 리, 정리 중입니다. 커헉. 컥. 잠시만 기다려주세요.”

“좋은 친구라. 총장은 어떻게 된 거지?”

정아가 분노를 꾹꾹 눌러 담아 물었다.

“기존 사용자 님께서 사용하던 계정은 안전하게 삭, 삭제되었습니다. 신규 사용자 등록을 완료하기 위해서는 제공해드린 나노 드론 캡슐을 복용, 복용해주세요. 그그극. 캡슐은 완전히 안전하고 위생적으로 생산, 관리되, 되었습니다.”

준은 간신히 땅을 짚고 일어났다. 메이에게 기대어 비척대면서도 요한을 닦달하며 킬코드 업로드를 앞당기려 기를 썼다. 요한이 일행에게 알렸다.

“업로드 55퍼센트. 난리도 아니에요. 보안 프로토콜이 발동돼서 보안팀이 지나는 구역마다 방화벽까지 내려옴다. 게다가 보안팀이… 권총을 든 거 같은데요? 무슨 미친 짓이야, 이 망할 학교는!”

“막을 방법은? 아예 보안팀 앞에서 방화벽을 내려 버릴 수는 없을까?”

"좋은 친구 이 새끼가 자기 자원을 올인했어요. 다는 어렵고 몇 구역에만 벽을 쳐둘게요. 그래도 오래는 못 막슴다."

"오케이. 코드 업로드하랴, 보안팀 방해하랴 바쁘겠지만 탈출로도 확인 부탁할게. 가능하지?"

"진작 시작했슴다. 일단 다른 벙커로 빠질 수 있는 길을 찾아드릴게요."

그 와중에 좋은 친구는 조용히 입 다물고 빠질 줄을 몰랐다.

"안녕하세요, 사용자 님? 사용자 등록을 원치 않으실 경우, 소지하신 캡슐을 다른 사용자에게 양도해 주세요. 사용자 등록은 원활한 AI 사용을 위해 반드시 필요한 과정입니다. 감사합니다."

"하, AI 주제에 수다쟁이에 사기꾼까지 다 해먹네! 좋은 친구가 언제부터 나노 드론 전용이었다고. 애초에 그런 소리에 넘어가 옆 사람에게 캡슐을 먹일 사람이 있겠어? 대단하신 인공지능이 좀 모자란데?"

메이가 빈정댔다. 그때 서버실 한쪽 구석에서 낮은 진동음이 울렸다. 구석 벽이 옆으로 밀려나 숨겨져 있던 유리벽이 나타났고, 그 너머에는 조그만 방이 있었다. 방 한가운데에 병원에서나 볼 수 있을 법한 전동 침대가 놓였다. 정아는 침대에서 눈을 떼지 못한 채 중얼거렸다.

"빌어먹을."

꼬마 하나가 침대 위에 단단히 묶여서 곤히 잠들어 있었다. 침대 옆에는 아이의 팔에 꽂힌 링거가 매달려 있었다. 여기까지 이르며 광기 어린 장면을 줄곧 직면하지 않았던가. 하지만 침대 위에 누운 아이라니. 무슨 상황인지 다 알 수는 없지만, 매우 일상적이면서도 지금까지 본 것 중에서 가장 공포스러운 장면이었다.

미쳐버린 AI가 다시 총장의 입을 빌어 이야기했다.

"사용자 님께서 계정을 생성하실 수 없다면 저희가 모신 예비 사용자님께 대신 나노 드론을 제공하겠습니다. 이미 나노 드론 주입 준비는 끝, 끝났으니, 그르륵, 아, 아, 아무 걱정 마세요."

성질 급한 메이가 진작 유리벽으로 달려가 거세게 내려쳤지만 벽은 끄떡도 하지 않았다. 메이는 주먹을 몇 차례 더 휘두르다가 정아를 돌아보며 하얗게 질린 얼굴로 고개를 저었다.

정아는 잠시 생각에 빠졌다. 좋은 친구를 없애기 위해 온갖 고생 끝에 여기 이르렀다. 하지만 마무리를 짓겠다고 나서면, 좋은 친구는 자신이 사라지기 전에 저 아이에게 나노 드론을 집어넣어 총장 같은 빈껍데기로 만들어버리리라. 치러야 할 핏값이 너무 컸다. 감히 감당하겠다고 나설 수도, 나서서도 안 되는 값이었다. 우선 사람을 구해야 했다.

하지만 어떻게? 대체로 그렇듯, AI는 답을 알고 있다. 정아는 몸을 확 돌려 총장에게 다가섰다. 좋은 친구가 천진하게 인사를 건넸다.

"안녕하세요, 사용자 님? 늘 함께하겠습니다. 오, 오늘은 어떻게 도와드릴까요?"

"안녕은 지랄. 나하고 이야기나 좀 하자."

"네, 무엇이든 말씀해주세요. 최선을 다해 사용자 님께 힘이 되겠습니다."

"그래서 애 목숨을 걸고 협박을 하겠다 이거지? 애초에 재를 방에서 내보내줄 수는 있어?"

곧 요한이 부랴부랴 정아를 찾았다.

"대장! 침대 방에서 산소가, 공기가 빠져나가고 있어요! 이러다간 그 꼬맹이가 질식해서 죽을 겁다! 젠장, 막고는 있는데, 쿨럭, 이 새끼 아주 작정했어요."

정아는 으드득 이를 갈았다. 어쩌면 좋은 친구는, 만약 그게 가능하다면, 이 상황을 즐기는지도 몰랐다.

"계속 이런 식으로 들이받겠다 이거지?"

"네. 무엇이든 진심을 다해 사용자 님을 도와드리겠습니다."

"너 지금 뭔가 착각하고 있는 거 같다."

정아는 발로 총장을 쾅 걷어찼다.

"그래, 대충 네 패는 다 깐 거 같으니까, 이제 이쪽 패도 보여줘야지. 이미 알고 있겠지만. 서버에 업로드 중인 거, 네 킬코드거든? 업로드만 끝나면 지금 이 서버에 있는 AI는 물론, 네트워크에 연결된 AI, 백업 서버 데이터까지 싹 정리할 거야.

그러니까 저 꼬마는 내가 아니라 네 생명줄이라고. 쟤 때문에 내가 꾹 참고 너하고 이야기 중이잖냐, 응? 넌 삭제되면 뭐, 디지털 천국에서 디지털 천사들하고 행복하게 지낼 줄 알고?"

"사용자 님, 어떻게 도와드릴까요?"

좋은 친구가 제대로 알아듣고 있는지 의아해진 정아는 다시 입을 열었다.

"일단 이거, 사이렌부터 좀 꺼봐. 애 숨통 막는 짓도 멈추고. 우리도 업로드는 일단 스탑할 테니까. 그러고서 서로 의견을 조율해보자고. 사람은 그걸 대화라고 하거든."

정아가 신호를 주자 요한과 준은 업로드 작업을 중단했다. 그와 동시에 사이렌 소리가 마치 거짓말처럼 뚝 끊어졌다.

"성능이 좋긴 좋아, 금방 배우고. 그럼 대화를 해볼까? 나는 여기 있는 사람 모두 무사히 데리고 나가야겠어. 우리는 물론 저 꼬맹이도. 네가 바라는 건 살려달란 거겠지?"

좋은 친구가 대답했다.

"늘 사용자 님의 만족스러운 생활을 최우선으로 생각하는 좋은 친구입니다. 사용 전에 다, 다, 다음 사항을 꼭 확인해주세요. 첫째, 더욱 오래, 뛰어난 품질의 서비스를 제공해드릴 수 있도록 코어 프로그램 설, 설정, 설정은 전문가에게 맡겨주세요. 둘째, 원활한 사용자 등록을 위해 나노 드론 캡슐을 복용해주세요. 좋은 친구 사용자로 등록하시면 이, 이, 이전에 없던 편리함과 즐거움을 누리실, 그르륵, 누리실 수 있습니다."

"어허, 어디 말도 안 되는 조건을 들이밀어? 그 알약 때문에 여기 채플실에만 스무남은 명이 목숨 끊어진 채 뒹굴고 있잖아. 난 모두 무사히 나가겠다고 분명히 말했어."

"나, 나, 나노 드론은 안전하고 사용법이 간단한 최신 기술입니다. 더 즐거운 내일을 위해 마음껏 사용, 사용하세요."

"이 새끼, 말을 안 들어먹기 시작하네."

그때 요한이 끼어들었다.

"보안팀 도착까지 약 10분. 문제가 하나 더 있슴다. 지금 연구소 앞이 완전히 북새통이에요. 여기가 나름 준정부시설이거든요? 그래서 아까 울린 경보에 경찰이며 군인까지 출동해서 복작복작함다. 거기에 디지톨로지 신자도 떼로 몰려왔어요. 엉망이네요."

"하아, 누가 됐든 조금 있으면 밀고 들어오겠구나."

체포니 재판이니 생각하기도 싫었다. 광신자들에게 사로잡히는 건 더욱 끔찍했다. 얼마 남지 않은 시간마저 조금씩 쓸려 갔지만 좋은 친구는 도무지 물러서지 않았다. 오히려 생존은 뒷전이고 누구에게든 나노 드론을 먹이겠다고 악에 받친 꼴이었다.

요한이 조심스럽게 제안했다.

"…대장. 규장각 쪽으로 빠져나갈 수 있는 탈출로를 찾긴 했슴다. 근데 보안팀 안 마주치자면 빠듯해요. 하릴없이 씨름만 할 순 없잖아요. 킬코드는 제가 끝까지 업로드할 테니까, 안타깝지만 애는 포기하고 빠지셔야…."

하지만 정아는 생각이 달랐다.

"야, 좋은 친구야. 거래라는 게 하나를 얻으면 하

나를 줘야 하는 법이거든. 기어이 나노 드론을 먹이겠다면 너도 킬코드쯤 시원하게 원샷 때리겠다는 거야?"

좋은 친구는 망설이지 않고 답했다.

"그그극. 코어 프로그램 임의 설정은 권장하지 않습니다. 꼭 설정을 변경하셔야 할 경우에는 반드, 반드, 반드시 나노 드론 캡슐을 먼저 복용해주세요. 계정 등록이 완료되면 사용자 님의 요청을 신속히 지원해드리겠습니다."

"그러니까 그 등록이라는 것만 하면 우리 일행과 저 애까지 무사히 보내고, 킬코드 업로드도 막지 않겠다는 이야기지?

"네. 계정을 생성할 수 있는 시간이 얼마 남지 않았습니다. 스스, 사용에 참고해주세요."

정아는 주머니에 넣어두었던 나노 드론 캡슐을 꺼내 들었다. 까맣게 번들거리는 알약이 마치 자신을 훤히 들여다보는 것만 같았다. 시간이 더 있었다면, 더 준비했다면 다른 방법이 있었을까? 다른 결론을 맞을 수 있었을까? 심장이 조여들었다.

그 꼴을 지켜보던 메이가 노기에 휩싸여 큰소리를 냈다.

"무슨 짓이야! 설마 그걸 진짜 먹으려고? 그럴 줄

알았으면 처음부터 내가 들고 있었지. 답지 않게 왜 그래? 이리 내놔! 절대 안 돼!”

“그만. 우리 중 하나가 이걸 안 먹으면 좋은 친구가 저 아이한테 나노 드론을 집어넣을 거야. 아이는 안 돼. 너희가 이걸 먹는 것도 용납 못 해. 게다가 총장도 이야기했잖아? 사람마다 작용이 다르다고. 죽겠다는 게 아니라, 누군가 모험을 해야 한다면 내가 하겠다는 거야.”

“웃기지 마. 그딴 짓, 누군 용납해?”

메이가 단걸음에 정아에게 다가가서 독배를 쥔 팔을 낚아챘다. 준도 와르르 달려와서 정아를 붙들었다. 정아 역시 한 발도 물러서지 않았다. 셋이 안간힘을 써 밀고 당기면서, 이 급박한 순간에, 웃을 수도 울 수도 없는 촌극이 벌어졌다.

교착 상태를 깬 건 뜬금없게도, 그리고 당연히도 고양이였다. 서버실 환풍구 덮개 하나가 떨어져 바닥을 쨍그랑 때렸다. 까만 고양이가 환풍구에서 서버를 밟고 뛰어내렸다. 서로 얽혀 끙끙대던 세 사람은 갑자기 등장한 까뮈에게 시선을 완전히 빼앗겼다.

까뮈는 무심하고 위풍당당하게 정아를 향해 걸어

갔다. 도대체 얘가 왜, 어떻게 여기 있을까? 사월 언니는 어떻게 된 거지? 이 험한 데에서 혹시 다치진 않았을까? 한순간 정아의 머릿속에서 수많은 의문과 걱정이 와르르 훑고 지나갔다.

분명 그 탓이었다. 까뮈가 마치 나는 듯 뛰어올랐고 정아는 꼼짝도 하지 못했다. 검은 고양이는 정아가 쥔 캡슐에 달려들었다. 비현실적인 상황에 잠시 얼어붙었던 정아는 알약을 그만 놓치고 말았다. 폴짝 뛰어내린 까뮈는 바닥에 떨어진 DD를 날름 집어 삼켰다.

세 사람이 상황을 채 깨닫기도 전에 좋은 친구가 먼저 알려 왔다.

"안녕하세요, 사용자 님? 사용자 등록을 완료했습니다. 요청하신 사항을 다시 확인 중입니다. 먼저 S대 연구 단지 벙커, 기밀 통로를 검색 중입니다. 사, 사용하실 수 있는 통로 네 개, 그중에서 원하지 않는 접촉을 피하실 수 있는 경로가 하나 있습니다. 지직, 지금 자료를 보내드릴게, 게요."

넉살맞게도 좋은 친구는 제 서버에 침투해 휘저은 요한에게 지도를 발송했다. 곧이어 유리벽이 열렸다. 안쪽 방에서도 웅웅거리는 진동음이 울렸다. 방 한구석, 침대 근처에 서 있던 캐비닛이 미끄러지듯

한쪽으로 밀려나고, 경첩도 손잡이도 없는 문이 드러났다. 문이 좌우로 열리면서 시커먼 통로가 나타났다. 서버실의 찬 공기가 통로로 밀려들어 갔다.

준이 환호성을 질렀다.

"와아! 이제 솟아날 구멍은 생긴 거 같은데! 요한, 서버실에 내실이나 비밀 통로가 있단 말은 왜 안 했어?"

"쳇, 몰랐으니까요. 벙커 중앙 시스템에는 이 통로에 대한 정보가 없었어요. 방금 좋은 친구에게서 자료를 건네받아서 몇 번씩 검토하고 있슴다. 안전한 길 같네요. 통로 내부에는 네트워크 시설이 없으니 좋은 친구가 중간에 수작을 부릴 수도 없고, 어쨌든 정문으로 당당하게 나갈 수는 없으니까. …까뮈는 괜찮아요?"

정아는 바닥에 꿇어 앉아 고양이를 품에 꼭 끌어안았다. 까뮈는 평소와 다름없이 낭창거리며 안겼지만 정아는 손이 떨렸다. 낯도 흙빛이 되었다. 이제부터 까뮈가 무슨 일을 겪을지 누가 어찌 알까. 이 조그만 녀석이 왜 이런 일에 휘말린 걸까. 어째서 항상 약한 존재가 희생될까. 심장이 찢어지는 것만 같았다. 그렇다고 하염없이 주저앉아 있을 수도 없는 노릇.

"씨발. 요한, 킬코드 업로드 마무리해."

"그… 대장. 킬코드는 포기해야겠슴다."

"하아, 이대로 끝이 아닐 줄 알았어. 왜?"

요한을 대신해 좋은 친구가 답했다.

"좋은 친구 코어 프로그램 접속은 늘 조심해주세요. 프로그램이 훼손되면 네트워크에 연결된 기기는 물론 등록된 계정 사용자도 돌이킬 수 없는 손상을 입을 수 있습니다."

분명히 협박이었다. 혼자 죽지는 않겠다는 위협이었다. 대차게 판을 엎고는 까뮈의 생명을 도박패 삼겠다는 조롱이었다. 좋은 친구는 아무래도 이 모든 혼란을 즐기는 듯했다.

하지만 정아는 격앙하지 않았다. 채플실이 피와 살점으로 엉망진창이 될 때부터, 아니, 복도에서 피웅덩이를 피해 발을 내디뎌야 했을 때부터, 상황은 걷잡을 수 없는 혼돈으로 흘러갔다. 끝장은 내지 못했지만 다음 기회를 만들 수 있을 만큼은 해내야 했다. 그렇다면 일단은 물러나야 한다. 리더는 조용히 지시를 내렸다.

"시나리오 F다, 씨발. 준, 메이, 부탁할게."

준이 가방에서 작은 상자를 대여섯 개 꺼내서 절반을 메이에게 건넸다. 두 남매는 총장의 눈을 피해 서버실 곳곳에 띄엄띄엄 상자를 퍼뜨려놓았다.

그 사이에 정아는 아이가 누운 침대 곁으로 다가 갔다. 머리가 지끈거렸고 다리는 후들거렸다. 정아는 이를 악물고 침대에 기댔다.

침대 위 소년의 얼굴이 어딘가 낯익었다. 곰곰이 기억을 되짚자니 준과 메이가 어느새 준비를 마치고 방으로 들어왔다. 준이 탄식을 내뱉었다.

"세상에! 이제 보니 총장 영감 손자잖아?"

아하, 그랬구나. 하지만 새삼 새로울 것도 없지 않나. 정아는 힘을 쥐어짜 입을 열었다.

"준, 장비 챙겨. 메이, 너한테는 이 애를 부탁할게. 이제 나가자."

메이는 깊이 잠든 소년을 침대에서 안아 올려 들쳐 업었다. 그러곤 까뮈를 안고 절뚝거리며 앞서가는 정아를 조심스레 부축했다. 준은 펼쳐놨던 장비를 서둘러 갈무리하고 서버에 연결된 외장형 무선통신기를 챙긴 뒤, 두 사람을 뒤따랐다. 등 뒤에서 좋은 친구가 작별 인사를 건넸다.

"함께해주셔서 감사합니다, 사, 사용자 님. 그르륵, 곧 다시 만나 뵙길 기, 기, 기대할게요."

정아는 무언가 말하려다 그만두었다. 좋은 친구를 뒤로하고 세 사람은 비밀 통로에 발을 내디뎠다.

일행 뒤로 문이 닫히자 통로에는 비좁은 틈 하나

없이 어둠이 깔렸다. 셋은 야간투시경을 켠 채 한참을 걸었다. 어둡고, 퀴퀴하고, 고요했다. 세 사람이 걷고 숨 쉬는 소리만 콘크리트 벽을 따라 퍼졌다. 마치 이미 죽어버린 콘크리트 괴물의 창자를 따라 걷는 듯, 답답함이 점차 목을 옥죄어 들어왔다.

정아가 적막을 깼다.

"준, 발파해."

준은 리모컨을 힘껏 눌렀다. 서버실 구석구석 놓은 상자, 즉 전자기파 폭탄들이 한꺼번에 폭발하며 충격파가 서버를 온통 휘감았다. 요한이 보고했다.

"폭파 완료. 서버는 다 망가진 것 같슴다. 접속을 못 해서 직접 확인할 수는 없지만, 네트워크 플로우로 보면 확실해요."

큰 패배를 위로하는 작은 승리. 이걸로 좋은 친구는 사람으로 치면 팔다리를 잃은 셈이다. 세 사람은 애써 피로감을 흩어내며 앞을 향했다.

곧 오르막이 야투경 시야에 들어왔다. 세 사람은 자신도 모르게 걸음을 재촉했다. 가쁜 숨을 내쉬며 높이 2, 3층 가량 되는 계단을 단숨에 올랐다. 계단 끝에 이르러 준이 잠금장치를 열며 작게 재잘거렸다.

"빌어먹을, 열려라. 빨리 열려!"

덜컹, 통로를 꽉 막고 있던 문이 삐그덕거리며 열렸다. 땅 아래에서 칠흑 같은 어둠 속을 걷길 겨우 십오 분 남짓. 하지만 마치 며칠을 지나온 느낌이었다. 그래서인지 밤공기는 정말 차고 시원했고, 밤하늘조차 휘영청 밝았다. 주위를 둘러보니 어느 언덕, 혹은 숲 언저리인 모양이었다. 정아는 눈에 힘을 주어 나무 사이 건너편을 내다보았다. 말을 탄 채 칼을 휘두르는 장군상이 눈에 들어왔다.

"낙성대공원이야."

벙커 비밀 통로 출구가 낙성대공원이라니. 드디어 끝났다는 기쁨에 준은 환호성을 지르며 방방 뛰어다녔다. 메이는 정아를 나무에 기대앉히고 업고 있던 아이를 그 옆에 살포시 내려놓았다.

"이 꼴로 버스나 택시를 타기는 좀 그렇고. 준이 데리고 차 구해 올게."

정아는 아무렇게나 주저앉아, 힘없이 어서 가라며 손짓만 했다. 정아는 방방 뛰며 기뻐하는 준과 뚜벅뚜벅 걸어가는 메이를 먼눈으로 쳐다보았다. 그러다 별안간 구역질이 올라왔다. 피와 눈물, 살점과 뼈, 비명과 광기. 죽은 채 AI에 질질 끌려 다니던 총장. 나 대신 위험을 짊어진 까뮈. 나무에 기대 한참을 게워 냈지만 속이 시원해지지 않았다.

통신 너머로 요한이 말을 걸었다.

"… 괜찮으세요? 기지로 돌아와서 좀 쉬세요. 내일 일은 내일 염려하고."

"하아, 진짜 그래야겠다. 그래서 넌, 이제 짐은 다 쌌냐?"

"어… 어? 그게 갑자기? 짐이라니 무슨 말씀이시온지?"

요한이 어색한 말투를 미처 숨기지 못하자 정아는 미친 듯 킥킥거렸다.

"우리 무사히 나오는 것만 확인하면 흔적도 없이 사라질 생각이잖아. 작별 인사도 없이 도망가겠다 이거지, 비겁한 새끼야."

"…어떻게 알았어요?"

"글쎄. 서버에 킬코드 업로드하면서 좋은 친구 카피 뜨고 있을 때부터? 아, 이 녀석, 다시 얼굴 못 보겠구나 했지."

"복사한 건 또 어떻게 알았대요? 알고 보니 대장이 미륵이었네요."

"헛소리. 달아나기 전에 깔 수 있는 건 까봐. 좋은 친구 킬코드는 대체 어디서 구한 거야?"

"그냥… 저도 꽤 비싼 값 주고 얻은 검다."

"누구한테 얻었는지는 말 못 하고?"

"비밀 지키는 것도 값에 포함된 거라서."

"좋은 친구 복사본을 어떻게 할 건지도 말 못 하겠네?"

"네, 그것까지도 값이라서요."

"씨발, 여기까지 같이 해놓고 알려줄 수 있는 건 없구나. 어쩐지 이용당한 꼴이네? 난 누구 좋은 광대 짓을 한 거냐? 하긴 이 마당에 네가 이러니저러니 설명해준들 다 믿을 수도 없겠지."

"…미안해요."

"싸물어. 나야 그래, 개같이 말아먹었어도 하고 싶은 일 하다가 자빠진 거잖아? 그러니 기분은 끝내주게 좋았다 치자. 그럼 지하에서 죽은 그 사람들은? 총장 영감 손자는? 까뮈는? 너한테 그 사람들은 다 뭐였어? 그 꼴을 다 보고선 이제 어떻게 할 건데? 아냐, 아냐. 대답하지 마. 믿지도 못하는 대답, 들어서 뭐 해."

아무런 말도 돌아오지 않았다. 정아는 잠시 숨을 고르고는 다시 낄낄 웃음을 터뜨렸다. 눈을 들었더니 달이 보였다. 가로등에, 빛바랜 달에, 눈이 멀듯이 부셨다.

"됐다, 됐어. 내가 너무 몰아붙였네. 네 사정은 더 안 따지련다. 빌어먹을. 너나 나나 자기가 싸지른 실패며 죄는 각자 알아서 책임지자. 오늘 보고 들은 것들, 언론에 꼼꼼히 잘 뿌리기나 해줘. 이전에 이야기한 대로. 잘 가라."

요한은 뭔가 말하려다 차마 입 밖으로 꺼내지 못한 채 망설였다. 하지만 정아는 그대로 통신을 끊어 버렸다.

자리에서 일어나 툭툭 바지를 털었다. 어느새 자정이 지나 일요일 새벽이었다. 무언가를 구해보겠다고 발버둥을 치며 밤을 지났지만, 수많은 죽음을 맞닥뜨려야 했다. 다행히 아이 하나를 겨우 건져냈지만 소중한 친구가 위험에 빠지고 말았다. 쉼 없이 싸웠지만 이기지 못했다. 그래도 일요일은 기어이 뚜벅뚜벅 찾아왔다. 아주 잠시 쉬다 보면 어느새 월요일이 올 것이다.

공원을 향해 발을 디뎠다. 아마 이번 작전을 함께 준비하던 내 방으로 가야겠지. 그 뒤에 어떻게 해야 하나, 같은 건 내일 생각해야겠다. 당장은 너무 피곤해서 아무것도 할 수 없다. 무력감이 치밀어 올라, 다시 고개를 푹 수그린 채 속을 비워야 했다.

이윽고 고개를 쳐든 정아의 눈은 달빛을 받은 듯 반짝였다. 이제부터 밤을 걷게 될지, 새벽을 걷게 될지, 메이와 준, 또 멀리서 지켜보았을 사월과 달아난

요한은 이제 어떤 길을 갈지 혹은 가야 할지, 무엇 하나 자신할 수 없었다. 정아는 다만 한 가지를 감히 다짐했다. 또 발버둥 치고, 또 싸울 것이다. 피하지 않을 것이다.

달은 여전히 밝았지만 아까처럼 눈이 부시지는 않았다. 정아는 큰 소리로 준을 부르며 다시, 단호히 걸음을 뗐다.

머릿속 어디가 잘못됐는지, 전 무언가를 믿기가 몹시 힘듭니다. 크게는 신앙에서부터 작게는 소소한 기억에 이르기까지, 제 기억을 마음 편하게 믿어본 지가 언제인지 기억도 나지 않습니다.

믿음은 우리 삶을 떠받드는 토대입니다. 어제에 대하여는 기억 속 앎이 사실이라는 믿음, 오늘에 대하여는 지금 보고 듣는 것이 헛것이 아닌 실제라는 믿음, 내일에 대하여는 다시 시작될 하루가 오늘과 연속선상에 있으리라는 믿음 등등. 의미와 가치, 지각과 경험, 의도와 법칙, 나와 타인과 사회를 향해 겹겹이 엮인 믿음 없이는 오직 혼돈과 공허뿐입니다.

그러나 (또는 그래서) 광신, 맹신은 정말 무섭고 치명적입니다. 실제와 다른 믿음, 심지어 실제를 배격하는 믿음은 삶을 허공에 매답니다. 더욱이 사람은 현실을 믿음에 맞추어 빚으려 합니다. 자연히 맹신은 실제와 끝없이 충돌하며 날카로운 파편을 사방에 흩뿌립니다.

제가 믿음을 품기 어려운 까닭이 여기 있지 않나 싶습니다. 자기도 모르는 새에 광신, 맹신에 빠지진 않을까 하는 두려움. 하지만 어차피 믿음 없는 삶이란 없을진대, 이 또한 하찮은 강박. 믿음은 모험이지만 불가피하므로, 믿음을 피할 수 있다는 환상 또한 비현실적인 믿음입니다. 이렇듯 그릇된 줄 알면서도 사로잡혀 벗어나지 못하는 오해도 역시 파편을 만들고 맙니다. 어떻게 하면 그 조각 하나하나를 책임지고 제 품으로 거둘 수 있을까요?

괜히 하는 넋두리입니다. 믿음이 어려운 제 처지를 아무리 위태롭다며 한탄한들, 디지털로지 지하 교회에 모인 신도들보다 더하겠습니까. 스스로 속다 못해 속이기 시작하면 약도 찾기 어렵습니다.

　디지톨로지의 역사와 신학, 교회 내 파벌 등 들려드리고 싶은 이야기는 사실 더 많았습니다. 하지만 이야기가 늘어지게 만들 수는 없는 노릇. 몇몇 부분만 떼어 적었습니다.

　어떤 믿음 체계든 사람을 끌어당기는 이유가 있습니다. 그 이유는 대체로 욕망과 두려움에 맞닿곤 합니다. (사실 픽션에 등장하는 인물들이 품는 동기 또한 이 둘 중 하나에서 나옵니다.) 그렇다면 디지톨로지는 어떤 욕망을, 어떤 두려움을 자극해 신도를 모았을까요? 쓰고 나서 보니 이 부분이 제대로 부각되지 않아 살짝 아쉽습니다. 어쩌면 이 믿음을 제대로 소개해드릴 날이 있겠죠.

　그때가 되면 부끄러운 대안이나마 '제대로 된 믿음은 이런 게 아닐까' 하는 견해를 갖출 수 있기를 감히 소망해봅니다.